盗墓笔记 文库本
三日静寂

南派三叔 著

北京联合出版公司

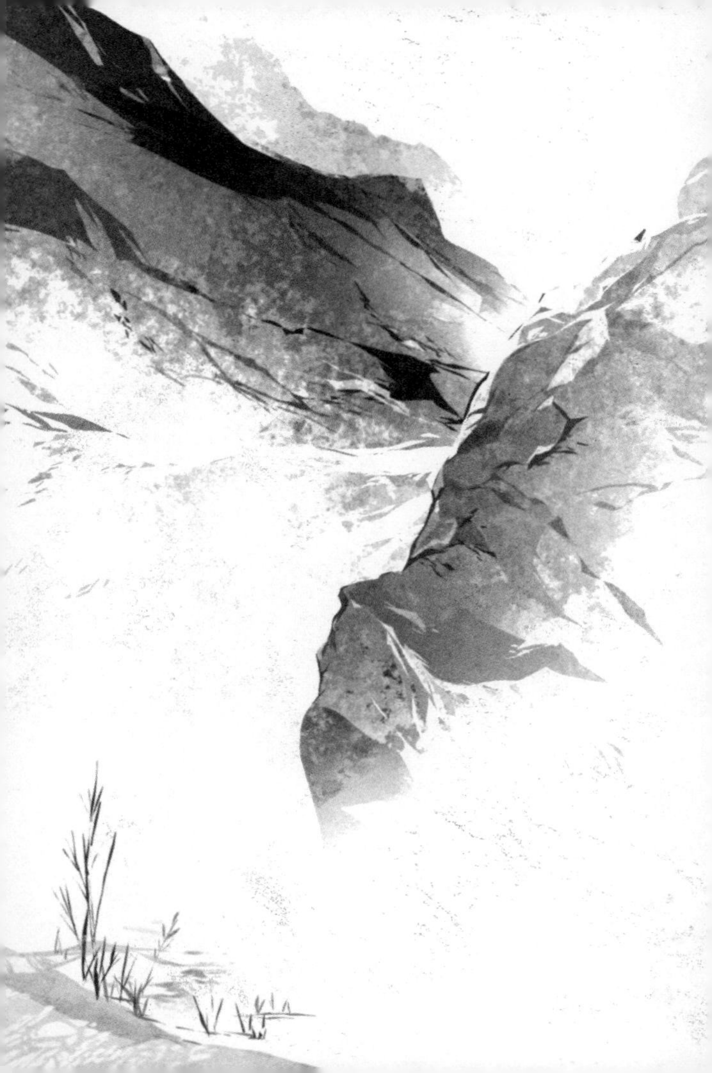

序

写作《三日静寂》的记忆,我仍旧非常清晰,那时候敲字,并不觉得多么艰难,只觉得自己真是寺中的喇嘛,在静静地看一个人雕刻石头,那一声一声凿入石头的声音,在墨脱空旷的山谷中回荡,讲述命运的悲歌,而我只是如实地记录。

当时从没想过,要将这一段文字出版,我觉得它会随着时间淹没在散乱杂篇里,需要多年老读者提及才能记起。

然而多年过去了,《三日静寂》不仅没有被忘记,还广为流传。

于是,编辑和我说,将它出版了吧,放在盗版网站上,总不是个事情,这一篇应该有一本实体作为归属。

然而短篇如何才能出版呢?这些字数就算配上图也难以成书,于是编辑兜兜转转了两年,翻了很多的老短篇、老中篇,找出来一堆文章,将其集结成册,以《三日静寂》打头,打算全部都印到纸上去。

自己重新再看这些文章,就觉得自己当年确实思绪轻快,悬疑故事自然有其独特的魅力,读起来很有滋味,还有一些是当时的情绪使然,并不单纯是小说,也读着暗潮汹涌,这些部分更像是散文，我就问编辑，这些读者看了，不会觉得故事感不够吗？

编辑和我说，这些文字，到现在都上千万人在网络上看过了，你还有什么不好意思的。

于是，就开始集结成小册。如果是别人给我写序，估计会说什么美文集锦，毕竟线下我的人缘还不错，但我自己写序，则有点放不开，又不好称呼自己的小文为丑文，于是自己就认为，自己写的是有缘人自会有感应之文，此种感应穿梭时空而来，为无上感应，所以自称为感应篇。

可惜未被采纳，编辑说，未来的小短文，就随着这个开本，有的没的，跟随出版了，所以还是叫作文库本的好。

读这些短篇，需要对《盗墓笔记》非常熟悉，也即是熟读了《盗墓笔记》8部的朋友们，否则多多少少会看不懂。既然是无上感应，那就希望看得懂看不懂的各位，看完文章之后，总有一种情绪挥之不去，即为感应到了我当时写作之功。

以上，小文怡情，祝大家身体健康，一切顺利。

2025 年序

目录
CONTENTS

001 三日静寂

013 张起灵·追忆

017 彼岸

021 天真无邪心理学

025 王盟日记

031 七指

135 此时彼方

151 黑瞎子师父（福禄篇）

157 黑瞎子师父

附二则

盗墓笔记

三月

SAN RI
JING JI

静寂

1

屋子里很暖和，即使是这样严寒的天气，这里仍旧能让人心情平稳地醒来，丝毫没有在寒冷中过夜的疲惫。

小喇嘛知道张起灵的功课还没有做完，他看着张起灵仍旧一早就出门，来到院子里的那块石头前，毫无目的地敲打着。上师说，这块石头最终的形状，就是张起灵心里所想的东西。

张起灵需要知道自己是谁，他也需要理解，"想"的概念。

小喇嘛觉得很奇怪，和其他人不一样，其他人天生就被赋予"我需要做些什么，想些什么"这样的欲望和动机，而这个叫张起灵的人，似乎天生就无法理解这两点。

如果你不主动去和他交谈，他可以发呆整整一天，自己的师兄们都说张起灵就好像被忘记告知目的地的邮差。但是小喇嘛不这么认为,小喇嘛觉得,如果邮差不知道目的地,他会急得像热锅上的蚂蚁,因为邮差有把东西送到目的地的想法。而张起灵,就像佛一样,如果天地间不需要他,他就在那里,连思考的欲望都没有。

但上师说张起灵不是佛。先有了,然后没有了,才是佛,而生来就没有欲望的,是石头。

张起灵需要找到自己的"想",上师让他每天凿刻院子里的那块石头,只要他内心有一丝"想"那块石头变成什么样子,那块石头就会出现有意义的形状。

已经一年多了,那块石头越来越小,仍旧是毫无规则的样子。所以张起灵仍旧不能去见那个女人。

2

那个女人在寺庙里的时间,比张起灵还要长很多很多,据说是在花海冰层之下,被挖掘出来的。女人并不是陷落在那里被困死,而是葬在那个冰封的墓穴里。

南迦巴瓦只有那个背阴的山坑之内,有一片藏海花海,那里的冰层中,有很多黑影,据说是个部落的陵墓,只有这个寺庙的喇嘛,才知道那个地方的存在。小喇嘛今年刚刚十六岁,就在生日那天,被告知了这个秘密,但是他一次都没有去看过。

只有每年的七月进山,跋涉一个月的时间,才能到达那个地方。到达那个地方的路线,只有最智慧的上师才有资格知道。那些黑影都深深地埋在冰层之内,上师们每十年才会进去一次,做的事情他并不知道。

十年前,进去的上师,带出了一具冰封的尸体。他当时只有六岁,他清晰记得,那个女人的样子。他听到上师们的对话，这个女人，并没有死，也并不是活着。

她被安放在一间房间里，小喇嘛只知道她是一个漂亮的女人，脸非常白，不像是藏族人的肤色。她被放在毛毡上恭敬地运入房间，整个过程她就像是睡去一样，一动都没有动过。

那个房间，从此之后再也没有人进去过。直到九年后，张起灵来到这个寺庙说出了那个女人的相貌，但是上师们并没有让他见到那个女人。

其中一个上师就说出了让张起灵留在这里的话：你如一块石头一样，见和不见，都没有区别。

3

"你既然来这里，找这个叫作白玛的女人，那么你内心应该是有'想'的，为何你到现在什么都雕不出来呢？"小喇嘛在早课之后，问正在午休的张起灵。

张起灵坐在院子里，自己凿下的碎石堆中块比较大的石头上，没有回答。

小喇嘛已经习惯他这样的反应了，自顾自说道："你是从什么地方，产生要到这里来的念头，你就是在什么地方，开始'想'的啊。怎么能说你是块石头呢？上师们的想法，我真的想不明白。"

张起灵看了看小喇嘛，不置可否。

他吃了一口糌粑，把东西放到一边小心地包好，开始继续敲打石块。

小喇嘛继续看着他，一个蓝袍的藏族人来到了他的身后。

这个人是庙里请的工匠，蓝袍的工匠是最好的，他们家已经传到第九代了，手艺还是一样地好。工匠拍了拍小喇嘛的肩膀，让他不要打扰张起灵。

"他是漫无目的地走到这里，然后忽然说

出了那个名字。"工匠告诉小喇嘛,"他甚至不知道那是一个名字。"

"您怎么又到庙里来了?这里哪里又坏了吗,还是山上又有石头掉下来了?"

工匠轻声说道:"上师让我来,修整那间屋子后面的梁柱和炉子。"

"哪间屋子?"

工匠看了看张起灵,小喇嘛就明白了。他有些疑惑:"上师终于承认他在'想'了吗?"

他看着张起灵雕刻出来的,毫无规则的奇怪形状,这个形状和一年前刚刚开始的时候,毫无区别。

工匠指了指地上,正午的阳光下,小喇嘛看到了张起灵雕刻的那块奇怪石头的影子,竟然是一个人的形状,就如张起灵刚才坐在石头上的坐姿。他一定是每天午休的时候,看着自己的影子,然后按照影子开始的第一凿。

小喇嘛笑了,他发自内心地替张起灵开心。

"你修佛修得怎么样?"工匠却似乎有些

感慨,他问小喇嘛。

小喇嘛嘿嘿笑笑,不回应。工匠就继续说道:"很多人都说,女孩子最开始是没有心的,所以谁也伤害不了她们,于是恶魔派出了男孩子,英俊男子的追逐让她们有了心,当她们有了心的时候,世界上所有的东西都变得可以伤害她们了。所以,我们让一个人有了心,也许是为了能够更好地伤害他呢。"

4

那天晚上,张起灵被带进那个封闭了十年的房间,见到了自己的母亲。

对于那个时候的他来说,一切仍旧显得太仓促,而让他无法理解。

白玛并没有完全苏醒过来,当藏海花的药性退去,她离真正的死亡,只有三天的时间。然而她等这三天,已经等了太长的时间。

张起灵并没有从白玛的口中得到任何的信息。

他甚至没有听到自己母亲呼唤自己的哪怕一点声音。

他也没有感觉到,其他人说过的,母亲带给他的,对于这个世界的一丝联系。

他唯一感觉到的,是母亲缓缓恢复的呼吸,苍白的脸庞只恢复了轻微的血色,又瞬间转向荒芜。

这一切,仍旧显得太仓促。

白玛知道这一切吗?

如她约定的那样,她从长眠中醒来,已经失去了睁开眼睛的任何机会。但是她知道,当那些喇嘛按照约定让她醒来的时候,她的儿子一定在她的身边。

那一定是一个有血有肉的孩子,感知着人世间的喜怒哀乐,她能够感觉到儿子的温暖,他的呼吸,他的心跳,他真的来了。

她用了所有的办法,只为自己争取到了这

三天时间,虽然不够,远远不够,她想看到这个孩子成长的所有片段,所有瞬间。但是,三天,这寂静的,只有心跳声和呼吸声的三天时间,已经是她能做的全部了。

张起灵抓着妈妈的手,他不知道自己为什么要这么做,他觉得这一切,依旧太仓促了。

张起灵抓着妈妈的手,他不知道自己为什么要这么做,但是他感觉到了从来没有过的情绪,他觉得自己抓着人世间最后一丝自己的痕迹,最后一丝自己愿意去想的东西。

没有人进到这个房间来,没有任何声音进到这个房间来。

三日寂静。

"你不能是一块石头,让你的母亲,感觉不到你的存在。"一年前,上师和他说道,"你要学会去想,去想念,你妈妈送给你的第一件也是最后一件礼物,会是你被那些人遮蔽的心。"

5

三天之后,张起灵来到了那块石头的跟前,他习惯性地拿起凿子,开始凿起来。

他以前不知道自己凿这个东西,是为了什么。

他凿了几下,忽然发现了自己手里的凿子,意识到了自己正在做什么。几乎是同时,一股难以抵御的痛苦,涌上了他的心头。

大雪中,他坐了下来,蜷缩成了一团。

如同擦拭自己的过去,我今天拾起这篇文章,修改了几处标点和符号。

　　写《盗墓笔记》的十年里,我对于文字的驾驭有了很大的提高,很多东西,我可以翻来覆去地运用。

　　然而,我可能此生再也写不出《三日静寂》。

　　《盗墓笔记》并没有那么厉害,我在为这本书工作的时候,深刻感觉到了这一点。我深深地为大雪中的张起灵着迷,因为我揣摩了他整整十年,几乎是每一天。但对于大多人来说,时间是不足够的。

　　所以这篇文章的重发,其实是只限好友。只有你们,能懂我擦拭这篇文章的心情。

南派三叔
2015 年 12 月 26 日

张起灵·追忆

ZHUI YI

某年某月。

张起灵坐在雪中,边上的老式收音机在严寒中艰难地工作着,发出咻咻的噪声,能听到里面嘈杂的对话声,全都是康巴格鲁话。

这是搜捕他的人的无线电,所有人都在四周的茫茫雪山深处,希望能找到他的痕迹。

蓝色的藏袍即使在这样的严寒中,也让他感觉到舒适。他能看到远处,很远很远的远处,寺庙微弱的灯光。

雪越来越大,黄昏已经到了尾声,远处虚弱的光线仍旧被这些白雪反射,在雪山之间形成暗青色的光晕。

他拧动了收音机的旋钮,嘈杂的对话声消失了,取而代之的是一首有点空灵的音乐,应该是某个电影的原声。他听了听,拍拍自己的背包,那是另一个人喜欢的乐曲。

他把收音机塞入自己背包的侧沿,拉紧了

背后背着的藏木骨灰盒,往雪山深处走去。

空中猎鹰飞过,它惊讶地看到这个人是在雪峰的山脊上行走,万里雪山犹如蟒蛇一样在这个人脚下展开,随着猎鹰的升空,展现出令人震撼的荒凉。

收音机的声音随着他的远去越来越轻,又似乎在空间中越来越空灵,那是一首名为《挚爱》的乐曲。

一切归于黑暗,只有挚爱之声,伴随着藏海花的清香,在白雪中散落穿梭,安静,安宁,安详。

这是《藏海花》中被删减的一段，也是本来用作《藏海花》动画片头的DEMO，《挚爱》是《东邪西毒》的原声，我是听着这段音乐写的。这段情节发生在他认识吴邪之前，骨灰盒中是他逝去多年的一个伙伴，是的，他没有朋友，仅有的只是伙伴，只能陪伴，无法共享任何的快乐和痛苦。

　　即使如此，他还是将这个人的骨灰从长白山带了出来，带往他自己的圣地。那个他曾经承诺要一起去的地方。

　　一个人，再也不敢奢求，哪怕只是陪伴。

　　这是我对于张起灵最初的印象，大雪中，犹如神和野兽一样的，绝对孤独。

南派三叔

彼

BI AN

岸

我时常做两个奇怪的梦,一个是关于胖子的,一个是关于闷油瓶的。

闷油瓶的那个梦,我常梦见在雪山中,我和闷油瓶两个人前后攀爬,他总能找到一条比较稳固的路线,我踩着他的脚印,稳稳地往上。

风是迎面刮来的,我抬头看向山顶的时候,能看到雪花从山顶倾斜而下。

我知道我们在极高的地方,这里空气稀薄,但是在梦中不太能感觉到,甚至在这里寒冷都没有那么明显。

我不知道这是我哪一段记忆的映射,是我当年在西藏,一个人冥想的时候,冥想出的幻境;还是在长白山,我最后送他,那一段无声的路途。

爬着爬着,我就老了,他越来越轻盈,我慢慢地慢了下来。他开始扶着我,那时候,我们终于到达了山顶。

我的视线犹如脱离了肉身,飞入云端,看

到在雪山的山脊上，我们两个人并排站着，太阳不知道是落下还是初升，金色的光洒满了四周，暴风雪似乎是在我们脚下，连风都被镀上了一层金色。我们的影子被拉得很长很长。

我能看到自己已经是一个白发的老人，脸似乎还是一样年轻，但是头发全白，我几乎站立不住，需要他搀扶。

老年的我给自己点起一支烟，在梦里，我知道这一次的攀登，对于我来说，是一次没有归途的旅行，我已经到达目的地了。我已经没有可能下山，这是一次由生到死的路途，如生命本来的面目。

整个梦境中充斥着一首不知名的歌。

这里太冷了，我死后，不会被降解，几千几百万年地存在在这里。我可以坐在这里，让风雪把我凝固，根据我的经验，闷油瓶几百年后，都会看到此刻看到的这个瞬间。

我似乎得了很重的病，自己选择了这样的结局，我出奇地平静，没有任何遗憾，虽然没有能够像他一样真正地永恒，但我得到了共存于同一时空的方式。

我知道，在古时候的某些丧葬仪式中，老人会被提前下葬，等待死亡。葬仪上人来人往，何时死亡，何时前往？

有些老人要三天之后，才会真正死去，我时常在想，这三天的时间，在没有任何退路、不能后悔的死亡之路上，他们会想什么？他们会难过和恐惧吗？

我会以这种方式死去吗，还是我会有更好的方式？闷油瓶这个对于死别如此了解的人，在他的世界中，他会如何让自己的老朋友，体面地面对死亡？

我没有想到是如此浪漫的。这个人世间，不会有另外一个人能够将死亡作为浪漫的佐料，还能够如此自然。

我望梦境成真，如果真有那么一天。可惜一觉醒来，海棠依旧，世事如冰，只有梦里的那首歌还在耳边萦绕。

天真无邪
心理学

TIAN ZHEN
WU XIE

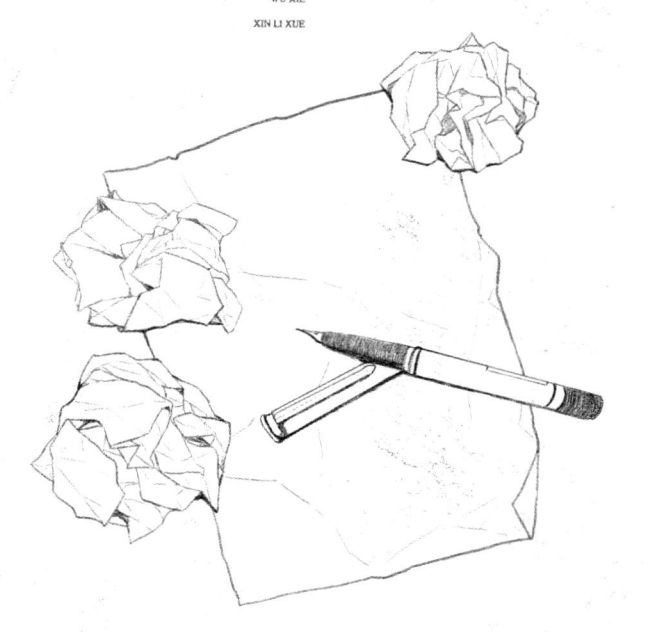

XIN LI XUE

人生不到最后一天，永远不知道是悲剧还是喜剧。可是，承担一生的悲剧而只在最后时刻发现那其实是喜剧，或者是，享受一生的喜剧而只在最后时刻发现那其实是悲剧，哪一种更能让人接受一点？答案是：在最后一刻，其实什么都没关系了。既然过完了这个人生，就谁也不欠谁。

* * *

浪漫主义者因为美梦中断而哭泣，因为美好的梦境一去不回；现实主义者因为美梦中断而哭泣，因为刚才的美梦注定不可能实现。浪漫主义者和现实主义者往往为了一件事情哭泣，但是理由各不相同。

* * *

如果上天希望给你一份巨大的幸福，首先

需要给你一颗，能够发觉，抓住，经营并且珍惜幸福的心。而这颗心是需要修炼的，需要承受的幸福越大，你事先需要经历的痛苦就越多。

* * *

世界上唯一不变的东西，就是变化本身，每一个凝固的瞬间什么都不能代表，不重新打开秒表，你永远不知道命运会往什么方向前进。你觉得可以预见自己的人生，但其实预见的只是你的经验，而走上被自己预见的苦逼人生，其实是你自己的无能。

* * *

人生是个很奇妙的东西，很多你以为这一生最亲密的人，到头来却可能只是一个过客。而命运更是一本结构奇怪的小说，你走到最后，等一切都结束了才会发现，小说真正的另一个主角，竟然是这个人。

* * *

面对痛苦，逃避是最糟糕的解决方法。痛苦只有散发出来，才能慢慢减轻，压抑对之并没有多大作用，痛苦达到高峰之后，自然会走下坡路。

* * *

心灵鸡汤：有能力的人并不一定成功，比如说张起灵，所谓的成功其实和能力无关，而和自己的目标有关，你想干什么往往比你能干什么更重要。去做到一件你能做到的事情，其实没有什么意义，人生只有一次，多多尝试不可能。

* * *

有时候，老天要逼你往前走，会用你想不到的方法。但是，所有的办法总是有一个共同的特征：假设你站着不动会往后倒退，那就是老天让你往前了。

王蒙

WANG MENG
RI JI

日记

在这风沙漫天的鬼地方已经待了二十二天了……

说实话,当初老板说要回来的时候,我是发自内心觉得高兴的。

只是没想到他会把事情做到这程度。

虽说黄严那小子做得二了点,虽说老板当时是真的动了火,但在那以后二话不说马上动身还真不是一直以来应有的节奏。

黄严那小子现在人也不知道跑哪里去了,队伍七零八落的,我心底都觉得有些慌。

老板倒是总挂着一副淡定的扑克脸。

感觉他这次比任何一次都要来得沉默些,就连我都完全无从估测他的真实的用意,以及他埋藏在内心深处的想法。

当然,我也有去问——我明白,即便我问了,老板也不会对我多说些什么。

比较现在眼前所看到的东西,事情早已超

出了我想象的极限。

估计,老板也是这么想的。

只是,拨开沙粒的瞬间,我看见老板的眼角闪过一丝吊诡的光。

我也在那个瞬间,想到了小哥,想到了潘子……

然后,我隐隐觉得……老板——似乎变了……

王盟

××××年×月×日

七指

QI ZHI

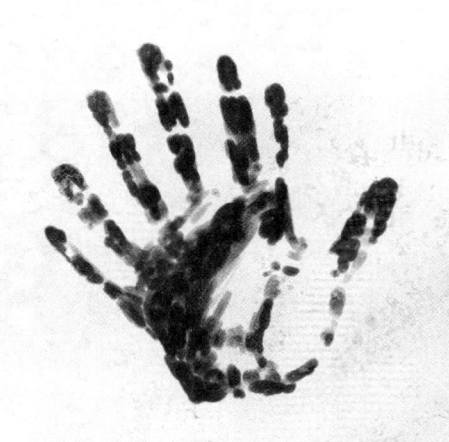

1 盘库

帮小花搬库房的时候,我的腰扭伤了,只得坐在空空的库房里。

当时我脑海里多是胖子安排的旅行带给我的忧虑,注意力分散,才在搬东西的时候扭伤了肌肉。

这里是解家的老宅,整个宅子几乎都是当作库房用的。搬家的时候,库房迁徙是最麻烦的。据说当年九门,每家都会有一个巨大的库房。每家库房的风格也大不相同,有的库房里全是一排一排各个朝代的棺材,东西密闭在棺材里是最好的保存方式。当然,解家这样的强迫症家族,东西陈列是极致地整齐。

老宅很老了,四周的房子都已经坍塌荒废了。为了保护老宅,房子墙壁上多是木头做的支撑。这幢宅子其实只是过渡用的,它是19世纪30年代盖的法式别墅，坐落在天津。20世纪80年代后解家买下了宅子，当时整条街的大部分建筑都收归国有了，只有这一栋因为年久失修，准备拆除，解家承担了维护费用，所以拿到了两本证件。

我们来的时候，大部分的东西已经装车运走了。之所以搬家这样的粗重活要我们这些"闺密"来做，是因为要搬内房里的货物了。内房，不是自家人是不可以进去的，伙计就更不可以。我们不是自家人，但是解家的人丁不多，所以小花也没有别的办法。

内房之中，往往封存着一些相对外房特殊的东西，这些东西经过一代一代的传递，很多已经不知道到底是什么，所以相对会有一些危险。小花对于内房里的东西，几乎和我们一样陌生。

换言之，内房里的东西，并不是值钱，而是重要，或者特别。

内房入口在楼梯下，有道非常结实的铁门，门开了能看到一条走廊通往地下室，因为东西太多，我们打开内房门之后，就看到沿着楼梯一边有一个架子，上面已经堆满了东西。我也明白了小花他基本不知道里面有什么的实际原因——内房里所有的东西，全部都用一种写满了字的布包着，布上的字非常小，字体不一。布包得很严实，如果不仔细打开，只是路过，不可能知道里面是什么。

布大部分是白色的，还有一些是黄色和红色的，这些颜色让内房看上去，不是很吉利。不过意外的是，里面的灰尘很少，只有薄薄的一层。

我们面临的选择是：1.不管三七二十一，直接开始搬，因为看数量，到凌晨是肯定搞不定的，我这个人不喜欢在这种老宅子里待到那么晚。2.再往下看看情况。因为这场面确实挺壮观的，我家是个穷光蛋家族，爷爷只留了几个狗场，其他值钱的也被我糟蹋得差不多了，家底殷实对我来说，是电，是光，是唯一的神话。

我们顺理成章地直接走进了地下室，沿墙壁有一圈书架，中间没有架子，只有一个奇怪的东西。看到这个东西，小花顿了顿，用手拦住了我。

那东西用白布包着,有一辆宝马MINI那么大,可能是一堆东西,也可能是一个巨大的物件。

"我上次来的时候,这个东西还没有在这里。"小花说道,"有问题。"

"你上次来是什么时候?"我问道。小花不会常来这里,估计三四年也不会来一次,可能是家族里有人有新的收获。

小花后退了一步,脸上的表情很怪,他回头对我道:"我上次进这个房间,是十五分钟之前。"

2 大物件

我想起十五分钟之前,小花确实下来开门通气,地下室积气很重,进来之前要打开通风装置。当时,我在外面等着,所以不可能会有人趁我们不注意,偷偷溜进来放东西。解家的伙计也不可能有恶作剧的基因。

最让我惊讶的是,如果是个物件的话,尺寸比门大那么多,绝不可能是从门口下来的。

那它是怎么运下来的?

"你那么聪明,说说是怎么回事?"我问小花。

小花默默道:"这一代人其实你最聪明,解家人只是普遍长得好看。"

白布之下没有任何的动静,我其实最害怕的是,有人躲在里面用自己的身体撑成这形状,但仔细想想也不可能。

我们待了一会儿,小花甩出四节头的甩棍,上去直接把盖在那东西上的白布挑飞了。

灰尘扬起来好多,我看到白布里面,是一架钢琴。因为钢琴上还放着很多工具和绑满钢琴弦的筒子,所以白布盖住后的形状很特别,我没有第一眼认出来。

钢琴看上去是没有危险的,我和小花围上去,就看到在钢琴前的座椅上,放着一双劳工手套。

小花拿起劳工手套,我们惊讶地发现,这副手套非常特别,虽然只是白棉丝的普通材料,但是，手套分出的不是五根手指，而是七根。

这是一个有七根手指的人戴的手套。

"是他？"小花看了看这个内房的天花板。

"你知道是怎么回事了？"

"七根手指的故事，你没听过吗？"小花说道，"你家里人没和你讲过？"

我摇头。

"小时候，那会儿我还有人疼，长辈经常给我讲这个故事。"小花看看四周结构简单的房间，"这就和国外偷东西的小人一样，在咱们这些家族里，所有的孩子都知道。"

我不是从小就被踢出这一行了嘛，我心说，做出了一个愿闻其详的表情。

小花不喜欢和三叔一样长篇大论，但是这一次他还真的想了想，说道："七指是一个记号，我们这几个家族，90年代在全国大量购买房产，专门去寻找有防空系统的老房子购入，主要是因为地下的防空洞可以用来做仓库。你知道我们这些人对于有视觉欺骗的机关非常敏感，古墓中如果一面墙有一块砖有细微的不同，我们都会发现。在我们挑选这些房产的过程中，很多人发现了一些特别有趣的现象。"

小花回到楼梯口，坐下来，用手机看了看时间："很多建筑物里，有很多'多余'的部分，这些部分被隐藏在各种错觉下，比如说东北有幢老房子，里面的有效走廊是100米，但是房子的外延有130米，那多余的30米到哪里去了？后来我们在走廊的尽头，发现了一道封在墙里的楼梯，只是一道楼梯，上头和下头都是封死的，毫无用处，但是楼梯的每个台阶上，都刻满了数字。"

"这是建筑图错误？"我看看他。小花道："不是，这是恶作剧。我们在那幢建筑的水泥墙上，找到了一个七个手指的手印，后来我们在很多有同样问题的建筑里，都找到了这个签名。我们总结就是，在解放后一段时间，有一个建筑师，可能怀有某种无法施展的才能，所以他在经手的所有项目上，进行恶作剧式的艺术创作。当然，称呼他为恶作剧大师，是对他的侮辱，因为很快我们找到了一些不只是有趣，而是真正艺术品般的建筑。这些建筑无不表面普通至极，但是，里面却匪夷所思，奇诡异常，满布着极难察觉的暗道、密室和活动的暗门，而他自己经常会借用这些设计的'后门'，使用这些建筑中他隐藏起来的部分。"

小花说完看了看内房，我忽然意识到了什么："这座建筑，也是他的作品？"

小花点头："家族里有人狂热地想找到这个建筑师，有段时间，很多人在收藏这个人设计的房子，这幢楼就是在当时买入的。我们相信，是这个人对这幢楼进行了解放后的第一次修缮，在那次修缮中，他对这幢楼动了手脚。"

我看了看房子中心的钢琴："有人和他建立过联系吗？"

小花摇头："不过，我相信，这个人，现在就在这幢房子里。这个钢琴，就是他释放给我们的信号，他是一个特别喜欢恶作剧的人。"

3 屋子底下的阴影

七指的背景,之前很多人尝试调查过,查到此人 20 世纪 80 年代在内蒙古某工程大队供职,就查不下去了。90 年代,这个工程大队里所有人都没了踪迹,不知道去了哪里,想必他们原本也是做一些国家机密的矿业项目,后来整体并到其他单位,所以查到的基本是断头消息。

因为工程大队一直在北方活动,所以七指的那些建筑也在北方居多,南方零星有一些。

设计那么奇怪的部分,还要在施工的时候实现,一个人是不够的,我对小花说:"七指有可能不是一个人,而是七个人!"

小花皱了皱眉头:"为什么这么说?"

我道:"我是干这一行的,知道从设计图纸,到最终盖好房子,里面要有多少人参与,在前期过程中绝对不可能把内部结构掩盖起来不被人发现，所以，这肯定是一个组织，极有可能是七个人。"

在当时那个年代，如果有一群年轻人，想实现自己在建筑和设计上的某些奇怪想法，可能也只能通过这个办法。

忽然我想到一个事情，问道："最晚的七指建筑，是什么年代的？"

"90年代中期之后就没有再发现了。"

在中国发展极快的那个时代，面临着各种转型，七个人的团队其实已经不算小，在历史的洪流中不可能一直所有人往一个方向前进，他们是因为兴趣而聚集起来的，当时代发展，个性可以任意舒展，原来发泄的出口也慢慢变得不那么重要。所以90年代中期之后，七指可能就解散了。而从这老宅维修到90年代中期，到今天，从这个时间跨度来计算七指们的年纪，他们肯定已经不小了，说不定有人已经去世了。

当然，一切只是我的猜想。

我打开手机，开始拍摄钢琴的照片。如果

那哥们儿在这房子里,那么钢琴上一定会有提示。钢琴很大,非常沉重,木料扎实,钢琴弦很多都还没有绑上去。

说实话,这钢琴非常普通,一看就是这一代租界老宅中留下来的那一批。我对于乐器毫无造诣,仔细地看了一遍,没有任何的发现,但是钢琴弦的弦头没有氧化的痕迹,说明这钢琴的修复是近期的事情。

我和小花把盖着钢琴的布在地上摊平,发现上面有一张图画。

那是一张侧切面的设计图,我一眼就认了出来,就是我们所在这幢老宅的设计图,能看到非常明显的大厅设计,地下室和二楼的承重关系,两道楼梯,壁炉的通风构造,还有外立面的装饰。这是当时意大利设计师模仿法国人做的那种典型大宅,我读书的时候看过好多案例,也实际到过很多当年的租界去做现场素描。

但这一部分,并不是设计图的主体,我吃惊地发现,这幢老宅,只占这个设计图不到十分之一的篇幅，在图纸上的地下区域，有人涂了一块巨大的黑色阴影。

阴影面积有老宅面积的十倍大，边缘不规则，似乎是天然的，在设计图上看起来，就像一个巨大的丑陋生物，匍匐在老宅的地下。

"这是什么？"我和小花面面相觑。

"这房子下面，有个异物？"我发出疑问，"这幢房子，建在一个巨大的异物上面？"

4 灰的钢琴

看阴影的大小，如果设计图上的这块涂黑是按照实际尺寸的比例画上去的，那么下面的这个东西，有房子的十倍大。粗略估算了一下，大概面积可以达到两万平方米，在建筑单位里，已经是几个仓库或者十来个小型电影摄影棚的规模。

这是什么东西？我坐到钢琴前的椅子上，小花靠到钢琴上，盯着白布上的巨大黑色阴影发呆。

是一个山洞，是一块巨大的石头，还是一幢形状特别奇怪的地下建筑？

我知道有一种倒置在地下，好像湖水中的倒影一样的上下建筑关系，叫作镜儿宫，这是中国古代建筑中的一种特殊制式，老土话叫作反吃风水，在地面上吃一顿，在地下还要吃一顿。

我想了半天，思绪开始乱起来，《山海经》里有一种地下生活的乌龟，人在它们身上盖房子，据说每十年才动一毫。但这里是天津市区老生活街区，人流熙攘，虽然外面的院子和围墙的设计，做成了闹中取静的效果，但作为"神兽"的栖息地，未免还是有点儿戏吧。再说了十年才动一毫米，要真遇到挖地铁挖到这里，那分分钟被挖出来，连逃跑的可能都没有。

如果地下是空洞的话，打雷的时候地面会有共振，巨型空腔形的王墓皇陵很多都是被盗墓贼听雷听出来的就是这个原因。而且，这么大一窟窿在地下，房子肯定不好受啊。

我倾向于下面可能是巨大的建筑，但看阴影

的边缘,又有一种说不出的诡异,到底是什么呢?

"钢琴出现在这个房间里,你说,通往下面这块阴影区域的入口,会不会也在这个房间里?"小花离开钢琴,活动了一下手脚,他的关节极松,活动的时候手部的扭动匪夷所思。

我看他轻松的样子,知道他并不会沉迷进去,面前的事情对于他来说,可能只是一个消遣。

这对于七指来说,算是最可怕的对手吧,如果只有小花在,他可能无视发生的一切,把东西搬了就走了,留下暗中盯着我们的神秘人寂寞空虚冷。

但是我显然有些沉迷了,这种谜题和气氛一直以来都极其吸引我。小花看着我,并没有表现出赞许,或者做出提醒的表情,他显然是希望我自己去宣泄我的欲望。

或许他是因为对于我这种欲望的羡慕,他说过,他已经不可能和我一样,只是因为自己的性格,单纯而纯粹地热衷于一件事情。

这个时候我发现小花今天穿的是黑色的T

恤，上面已经全是灰尘。我眯起眼睛，让他站住。在他的背上，黑色的T恤沾上钢琴上的灰尘，竟然印出某种纹路。

纹路并不完整。小花看我眼神，知道他背后印了东西，直接把T恤小心地脱下来。"二十三"，基本上能看出小花背上是这么几个字。把这几个字拍掉，我拿起T恤往小花刚才靠的位置边上，像拓本一样又印了上去，又出来几个字。

"点十七分"。

二十三点十七分，这是一个时间。

我看了看手机，离现在还有七个半小时左右。

小花拿起衣服继续去印了一圈，发现所有能靠的部位，都有人在灰尘上做了手脚，但写的都是"二十三点十七分"。

"这个房间里，没有坐的地方，人长久站立也没有可以靠的墙壁，所以这架钢琴放在这里，他是设计好的，还有这个凳子，必然有人会去坐。"小花说道，忽然看向我的屁股。

我立即把屁股撅起来,问道:"有印上什么消息吗?"

"别动。"我从两腿之间看到小花的脸色变了。

5 有人困在这里

小花上前来,用手机拍了一张照片,我站起后接过来看,发现我屁股上果然也印上了字。这些字看上去好像皮革褪色的痕迹,和凳子坐垫的颜色一样。

上面是三个字,第一个和第二个都是"救",最后一个字是"我"。

"救救我"。

我挑起了眉毛,看着小花。

救命,这是一个求救信号?

小花也很意外,低头在我的屁股处闻了闻,皱起了眉头:"是血。"

"去你的。"我说,"你才来大姨妈。"

"不是,这三个字,是血印上去的。"他来到椅子处,低头闻了闻,"是血,颜料是用血做的。"

这是怎么回事?我心说,原本以为这是一个挑战的提示,没有想到,会变成这样的局面。小花开始用手机发信息,还说道:"有意思,我想起了一件事情。"

"你是怎么想的?"

"有人困在这个房子里了。"小花回头的时候,眼神中出现了少有的兴奋,不知道是不是血腥味让他提起了精神,他看着这个房间,"这样的房子,一般会有两个区域,一个是普通人的区域,一个是七指设计的隐秘空间,进到七指设计的那些隔间密道里,未必能找到出来的路。"

"这房子不是解家的吗?谁会困在这里?"

"很久以前,这房子有个看门的,叫作陆傻,是一个智力有些低下的人,但是很尽责,我长辈留他在这里看房子,十四年前,他忽然不见了。那时候我刚当家不久,以为他不干了,完全没有在意这件事情。"小花继续道,"现在想想,他是不是并没有离开这里,而是发生了其他的事情?"

"你是说他还在这幢房子里?"我一下起了一身鸡皮疙瘩,"他走进了七指设计的空间里,被困在里面了,所有人都认为他失踪了。"

十四年了,如果是这样,这个人岂不是被困了十四年,谁能扛得住这么长时间?

"陆傻和别人不一样,他精神本身就不是很正常,如果是他的话,说不定真的可以在这里一个人待上十四年而幸存下来。"

"那他吃什么?"

"这已经不重要了。"小花不停地发着讯息,"我找人过来帮忙。"

我看着带血的座位,如果这个信息不是七指传递上来的,而是陆傻传递上来的,那刚才座位上的手套,看上去很有仪式感、很刻意,这又有点说不过去。

而如果陆傻能够把钢琴送到这个房间,他自己也应该可以直接上来,为何他要通过那么隐秘的方式来传递消息?

也许是有东西在威胁他的安全,他不得不通过隐晦的方式来传递信息。

二十三点十七分。

这个时间,又代表着什么意思呢?

我心中涌起一股不安,各种刻意和不协调的信息,让我觉得,这个地方有一些邪意。

"我们——"我对小花说道,"先离开,两个人在这里,不安全。"

小花"啪"一声合上了手机:"我们已经走不了了。"

说着他看向我们来时走的楼梯,我有点莫名其妙,于是越过他往楼梯上走去,走了几步之后,我浑身的冷汗不停地冒出来。

本来往上一层就是一楼,楼梯很短。但我抬头看的时候,发现这条往上的楼梯已经变得无限长,往上不停地曲折,而手电根本照不到顶部,上头一片漆黑,似乎无穷无尽,好比一幢一百层的高楼,而我们在底楼楼梯井往上望。

我揉了揉眼睛,怀疑自己出了幻觉,这他妈是怎么做到的?这么看上去这房子起码有几百米高,但这房子加上地下室才三层。

小花来到铺在地上的白布设计图的阴影部分,脚踩在阴影图案上,说:"二十三点十七,并不是时间,是一个记号。"

6 爬梯

小花穿上T恤,脸上的表情似笑非笑,他受过非常严格的训练,说话抑扬顿挫。他合上手机的动作和之后说的话,显得他非常干练有自制力。

我对随时可以耍帅的人略微有些不爽,我心说你不是说我是这一代最聪明的吗,说完就开始智商碾轧我。我果然太单纯了,他找个借口夸自己好看,我竟然就信了。

"你怎么分析出来的?"我特别不情愿问他,因为我啥也没看出来呢。

小花把他的手机递给我，我打开，看到屏幕上是这么一条短信："你们出不去了，二十三点十七分不是时间，是一个记号。"

发信人处是乱码。

"这里肯定安装了一个假基站，我的手机被劫持了，否则不可能有信号，我刚才下来就发现这里的信号好得不正常。"

我抱着头蹲在地上，心说这哥们儿不按常理出牌啊。我也打开了自己的手机，并没有收到短信。

看不起山寨机是吧，等小爷爷找到你，送你去华强北把你七根手指都剁了。

"你回他一句。"我说道，"你和他说，有种出来单挑。"

"现在还不知道这件事情严重到什么程度，不要去挑衅对手，而且这里肯定没有监视器，所以回短信容易让对方猜到我们的状态。"小花指了指楼梯，"按照剧情安排，我们现在应该尝试去爬楼梯。"

有时候和小花对话，就觉得是在和自己对

话，他和我确实很多方面都很相似，但是又有哪里很不同，我实在说不出来。

不过这种相同也让我们之间的默契相对同步，不会出现之前潘子、胖子、小哥眼神一交流，三个人就可以实现包抄，他们和我眼神一交流，我就会摔跤这样的情况。

我和小花来到楼梯口，小花做了一个不要说话的动作，然后指了指钢琴，我发现他的手机已经不见了，看来是放进了钢琴里。我朝他点头，知道他的用意。

两个人往楼梯上走去。

楼梯是浇筑的水泥楼梯，除了第一段有架子放着古董，往上就光秃秃了。楼梯的栏杆是铁的，看上去已经很不牢固。每隔三级楼梯墙上都有一盏老式煤气灯，光线很暗。

如果这道楼梯是往下的，我还能理解，只要人力足够，这样的机关我都能设计出来，但是这楼梯是往上的，完全违反逻辑。

我们来到刚才进来的门口处，这个地方的

门已经消失了。

"我们的房间移动了?"小花摸着墙壁。

"这种机关只有封建王朝的时候不惜人命才能做出来,1900年以后这样的工程已经基本不可能实现了。"我道。除了张家古楼这样本身就汇聚着当代天才抱负和历代工匠智慧积累的建筑,使用水泥和钢筋来做这样的工程几乎是不可能的。这往上的楼梯,只可能是障眼法,只是,他如何让我们相信这是真实的?

"往上走吗?"我问道,"往上走一定有变。"

"你是在以七指的立场来考虑问题吗?"

"被人耍多了,特别知道怎么耍人。"我道。不过不引起变化,就不可能真正开始这场游戏。我吸了口气,开始往楼上走去,小花站在了原地。

"各自珍重。"他道,"你走前三,我走后四。"

我看了看手机:"十四年后见。"开始往上跑去,跑上去三层,小花才开始走。

"聊天,否则有人不见了都不知道。"小花突然在下面喊道。

我死死地盯着楼梯和边上的墙壁，努力寻找任何一点破绽："聊什么？真心话大冒险？"

7 真心话

小花沉默了片刻，我吼道："怎么不说话了？"

"我在评估风险。"小花回道。

"说话会有什么风险？"

"如果要说真心话，当然会有风险。"小花顿了顿，"你什么时候开始你的计划？"

我的精神和身体都很激动，此时已经有些喘了，又不敢扶边上腐朽的栏杆，往下望去，竟然已经爬了七八楼了，地下的入口已经模糊不清。

我知道小花问我的是哪个计划，心中暗骂，早说我就不提真心话大冒险了，谁知道他会聊这种糟心的话题。

我停了下来，靠在墙壁上喘气："开始了

你自然会知道的。"

"计划这种东西,并不是那么可以随便说说的,说了,就算损失惨重,也得执行下去,否则不如保持现状。"小花的声音传来。

我心说我心中有数。

我不是一个称职的领导者,很多时候畏手畏脚,遇到损失就会退缩,希望所有人都可以全身进全身退,但是在现实中,这样的故事是不存在的。但是我又绝对做不到小花这样的觉悟,谁把谁留下,都是约定俗成的事情。我做不到,如果要做,这一辈子,恐怕也只有一次。

如果你留下的人多了,内心中的自我厌恶终有一天会把自己吞噬。而我,一次就足够了。

"那行吧,我就陪你玩一次。"小花说道,"你先来吧。"

听到他的声音近了,我用T恤抹了抹脸上的汗,继续往上,问他道:"解连环到底是不是你父亲?我怎么看到你在他的族谱下面?"

小花顿了顿,在下面喷道:"你怎么开口

就问家事？"

"问你铺子里的事情不是揭你伤疤吗？我又打不过你，等下还要靠你救命，大家还是友好一点比较好。"

小花就笑："你是想礼尚往来，让我也别问你不想回答的吧。"顿了顿，小花道，"不是，他没有后人，我在族谱里过继到他下面，我对他并不算太了解，二爷守规矩，对外都是按照族谱来说的。"

"你是独生子啊，过继给别人，你亲爹没意见？"

"这肯定是出于当时局面的考虑，如果他没有子嗣，家族里可能会有些不稳定，所以很早就做了这个设置。"小花说道，"对了，你什么时候看我家族谱了？谁允许你看的？你在哪儿看的？"

我不能把秀秀供出来，我心说，立即道："该你问我了。"

我已经爬到了第十一楼，双腿有些吃不消了，这个楼层的煤气灯有些失灵,不时地熄灭。我的手摸在水泥墙壁上,心中有一些意外,因为往上看去,竟然看到了顶部,再往上楼梯就结束了。

看样子,实实在在地,这就是一个楼梯井。

煤气灯的光线发灰,但是这里特别热,墙壁很凉,也不知道热量是从哪儿来的。

"你恨不恨你三叔?"小花在下面问道。

我停了下来,在楼梯上坐下,喘着粗气。

我真的不恨任何人,我最恨的是自己之前一路上做出的那些幼稚和想当然的决定。

我刚想回答,小花又催问道:"脱口而出的,才是自己真正的想法。"

我不由自主地抬头,惊讶地发现,这一次,小花的声音,出现在我的上方。

错觉?

我打了个激灵,立即探头出去,去听他的脚步声。

真的在我头顶上!

我立即大喊:"停一下,你在哪儿?"喊

完我就看到一个黑影,从我头顶的楼梯处探了出来。那个黑影似乎也很惊讶,说:

"哎,你什么时候到我下面去了?"

刚才发生了什么?我望着楼梯的两端,就是一瞬间,小花越过了我,越过了几层楼,一下到了我上方的位置,而我并没有看到他从我的身边经过。

我看着小花,我们中间差了三层楼左右,从这里看上去,并不能特别看清他的脸。

我被锻炼出来的对于细节的感觉,立即发挥出了作用。盯着那个黑影,心中的直觉立即让我感觉到异样。

我冷笑道:"别玩把戏,你是谁?"

8 我是吴邪

我看着黑影,黑影也看着我。

他果然没有想到我会在这么短的时间内揭

穿他,一下没有反应过来。

我的身边有煤气灯,他能看到我的表情——坚定且有斥责之意。

"解雨臣,你还在就喘个气!"我对着楼梯大吼了一声。

楼梯井里,我的声音激起一连串回音。没有声音回我,如我所料,刚才两句话之间,肯定发生了什么。

我还是看着那个黑影,我要把"你从我身上得不到任何乐趣"这样的信息毫无保留地倾泻给他。

忽然启动的陷阱对我们来说本身就不公平,我太熟悉这种人的心态,所以不会给出任何一点他想看到的东西。

"不说话,爷送你上路。"我忽然发力,一下翻出楼梯,单手挂上上面一截楼梯面,在一瞬间用力翻了上去。

这样的动作,在黑瞎子那里我已经练过无数次了。

改变自己,这是黑瞎子不停重复给我的一句话,你之所以无法改变一切,之所以永远无法实现你的想法,是因为你没有能力做到你想做的事情。

想那么多有什么用,你做得到吗?

一开始我翻楼梯比我走楼梯还要慢,但是现在,谁也不会相信,我瘦弱的手臂中,蕴含着这么大的力量,他们更想不到的是,我身体的其他肌肉已经可以条件反射地配合这股力量。

猛翻上一层,我双脚沾到楼梯面的时候立即发力,将人的身体蜷缩之后的张力发挥到最大,再次弹起。我没有办法像小花那样几乎可以吸附在任何粗糙的垂直面上,但是楼梯对于我来说,就和练习场一样。

最多两秒钟,我已经翻上了隔我头顶三层的楼梯,整个过程,我的心脏和肾上腺让我感觉四周扬起的灰尘都像慢动作一样缓缓浮动。

刚翻上去,就看到一个人缩进一块楼梯板内,楼梯板刚要合上,我一个打滚过去,在它合上之前的最后瞬间,我的手指扣进了没有闭合的缝隙里,胯部一压一用力。

"起!"

下面的人完全抵不过我的力气,一下松手,石板被我甩飞,露出了一个密道口。

我没有犹豫,缩身跳下,整个身子下压,小腿绷到极限,然后炸开了全身的肌肉。

我不再去管密道的结构是如何实现的。黑瞎子和我说,每个人体能上都会有几个属于自己特长的部分,我的体能各方面基本都很差,除了逃跑。

"应该去追击别人,那才是正确地发挥长处的方式。"

我对着面前我唯一在乎的东西,如离弦之箭一样冲了出去。

黑影在我前面跑着,他看到我出现了,开始手忙脚乱。

"好弱。"如当年的我一样,被紧逼之后,就会失去章法,做出错误的判断。

人世间有两种法则,聪明当然是可爱的,

但最简单的,才是最可怕的。

十五秒之后,我跃起踩住一边的墙壁(我已经不知道自己跑到了什么地方),飞跃起来,单膝压在了对方的肩膀上。

只有自己做过,才知道用两个膝盖卡住对方的头部几乎是人类无法做到的,我很多次模仿小哥的这个动作,希望自己可以使出来,亮瞎他的狗眼。但是,我现在只能做到这个样子。

但是够了。

我的膝盖贴着黑影后背,将他死死压在地上。

没有犹豫,我对准他的后脑,就是一下重击。

他抖了一下,晕了过去,我翻出手机,从爬楼到现在总共耗时十五分钟左右。游戏结束!

9 他知道

我所有的身体机能,都在这一瞬间停了下来,接着我就知道自己高兴得太早了。

我的心跳速度肯定已经破表，以至于我猛然停下来之后，还能听到胸膛从里面被捶击的声音，接着，一股反胃感涌了上来。

年纪有点大了，对于体能训练来说，我开始的时候，已经过了最好的年纪。用黑瞎子的土话说，内脏是没有办法锻炼的。

就在这个当口，被我压住的人清醒了过来，猛地挣扎起来。他的力气并不大，但我已经没有力气再次制服他，被他推到了一边。

我看着他，惊讶地发现，那人竟然是个女的，最多十六七岁，胸口挂着一个收音机。

"你是谁？"她肯定不是陆傻，陆傻是男人。她肯定也不是七指，年纪太轻了。

女孩看着我，她长相很奇怪，脑门特别大，显得年纪很小，但是身材一看早已经成熟了。

难道是七指的女儿或者小蜜？我去看她的手指，她警觉地把手背到身后去。

"放我回去吧，放过我吧。"女孩说道。

"扯什么鬼？不是你把我们弄进来的？"

我怒道，就看到女孩指了指胸口的收音机，又指了指四周的墙壁。

我不知道这是什么意思，忽然就听到收音机里传来报时：

"十七点十六分。"

女孩脸色变了，转身就跑。

十五分钟大概是我现在能够动起来的极限时间，我的胃部一阵痉挛，向前抓了一手没有抓到，再抬头，就看到一个影子消失在通道的尽头。

腰部之前的扭伤，在我强行运动之后，开始影响到整个背部，肾上腺素退去之后，疼痛立即开始出现。我靠到墙壁上，不停地喘气和咳嗽，心里暗骂不已。

喘几口气之后我想继续追上去，但是几次用力，都发现自己已经不可能再进行奔跑。太黑了，除了墙壁上昏暗的煤气灯，什么都看不清楚，因为体力透支，我的眼神变得很模糊。

我心说这是怎么回事，七指、陆傻、小花、我，加上一个妞，可以打三国杀了。这个女孩好像有难言之隐,她指了指收音机,又指了指墙壁,是什么意思?

我扶着墙壁,打开手机的手电功能,还好是山寨机,电量应该还能坚持一阵,小花到哪儿去了?

这是一道水泥毛坯走廊,没有任何的细节和装饰,我抬头发现这个走廊的天花板高到看不见,有点像西沙海底墓里那条两边会合拢的暗道,只是这个是装有煤气灯的,更像两幢巨型建筑中间的缝隙。

我扶墙往前而去,才走了几十步,就看到这个女孩子倒在地上,显然被我伤得不轻。

吴邪啊吴邪,经过这么艰苦的锻炼,练就的身手,第一次实战,以微弱的优势胜了个未成年的小妞,好想找一块豆腐撞死。

我把她扶起来,她眼泪哗啦啦下来,看着我哭道:"放过我吧。"

我看着她的眼睛,皱起了眉头,这绝对不是演技,鼻涕都出来了。

你到底是谁？我心说。这个时候，她的衣服里有一团光亮了起来，我掏出来发现是她的苹果手机。

她的手机屏保是一个当红年轻偶像的脸，短信提示收到了一条消息，消息内容推送到桌面，不用打开就能看到一个乱码号码发来的内容："带着这个收音机，到第十四级楼梯，听到报时之后，五分钟内回到原地，不要让任何人发现，你就能离开。"

我翻动手机，发现了很多她和男朋友的聊天记录。我还看到这个女孩子叫作唐——后面跟了两个符号形成的图案，可能是现在人常用的装饰自己名字的方式。

是个普通人！我皱起了眉头，拿起自己的山寨手机，还是没有短信发来。

我扶着女孩子靠到墙壁上，帮她把鼻涕擦了，问道："我不是把你关在这里的人，你冷静一下，你先告诉我，你是怎么进到这里来的？"

女孩子看着我，冒出了一个很大的鼻涕泡，

哭道:"我怎么相信你?放过我吧,我又没有钱。"

我扬了扬我的山寨手机:"你见过厉害的凶犯会用这么便宜的手机吗?"

小唐看着我的手机,思绪进入了混乱的状态,好久,她才停止了抽泣,刚想说话,忽然她的手机又亮了起来。我和她同时看向屏幕,看到有一条新的消息:"别相信他。"

我心说小样,还玩心理战。那女孩子一下推开我,跌跌撞撞地往通道的深处跑去。

这时,我的山寨机终于响了起来,第一条短信发来。我放弃了去追,打开手机。

还是乱码的号码,短信的内容是:"找到我,我就告诉你救他的方法。"

10 打乱节奏

我往那个女孩离开的方向,一瘸一拐地走了过去,料想她也走不了多快。看着这条短信,不知道为什么,我有一股终于被宠信的甚为安慰的感觉。

果然,往前走了几步,就看到那女孩在离我一百多米远的地方扶着墙壁走,速度明显变慢。走廊里的煤气灯隔得比较开,每个灯中间都有一块黑暗的区域,就看到她走进黑暗,走出黑暗,像默剧一般。

我有些缓过来了,如果不是腰部的疼痛,我肯定能追上她。

我扶着腰,她扶着墙壁,两个伤残人士一前一后地追逐,速度是每小时3公里,我离她越来越近。我看着手机,思绪开始分叉。

这个世界上,可能只有我,可以对这样的一个句子产生那么多的分析。

如果是其他人,在这个时候,看到这句话,第一反应肯定是小花被控制了,这是绑匪要求我参加游戏的砝码。因为我的行为已经打乱了游戏的节奏,绑匪要把我掰回来。

但是,我看着这个短信,不知道为什么,

有一种非常奇怪的感觉。

如果是小花被控制了,那么按照一般人的说话方式,这句话应该这么来说:"只有找到我,你才能救他。"

而现在这句话是这样的:"找到我,我就告诉你救他的方法。"

这是一个第三者在冷眼旁观A和B之间的事情时,才会说出的句子,A被困在某个地方,而发短信的人通知B说他知道营救的方法。

无来由地,我想起了另外一个人,一个早已经被困住的人。

刚才他通过那个短信,让这个女孩子离开我,这个女孩子一定知道什么。我决定先不理会,按照自己的节奏走。我已经打乱了整个游戏,我逼得越紧,他就会越难受。很快他就会因处理计划失控之后的紧急情况而犯错误。

前面出现了一个转弯,这条走廊和楼梯一样,似乎也是一个环形结构。在我也转弯的时候,果不其然,第二条短信发了过来。

"对了，他，指的是你那位姓张的朋友。"

我顿住了，这条短信成功地把我冻在了原地，我的速度立即慢了下来。

看了两三次，我才意识到自己没有看错，这条轻描淡写的短信，提起了我不太愿意谈论的那个人。

我的手有些发抖，如果发短信的人知道张起灵这件事情，那他肯定是局内人，而且知道得很深。对方是谁？七指难道也参与了这一系列的事件？

如果是和小哥有关的话，整件事情的发生还会是一个意外吗？我回忆小花叫我过来帮他盘库房时的情形，他必然不会设计这么一个玩笑来娱乐我。但，从目前发生的所有事情来看，这件事情的主角，似乎是我，这一切是冲着我来的。如果我是偶然介入的，应该不会这么针对我。

"你到底是谁？"我没有忍住，直接回了短信。

"我是这个世界上唯一知道怎么拯救你的人。"对方回了过来，"我并没有参与太深，但是我知道解决的方法。"

我彻底停了下来,对方又发了过来:"对了,很久以前,我帮你的三叔,设计了那个地下室。"

我几乎一下靠在了墙壁上,心跳陡然加速。这件事情,比起张起灵的事情恐怕更少人知道,我对谁都没有说过。

"你尚未发现那个书房的真正用处。"对方主动发了过来,"找到我,你才能真正救他出来。"

11 灯泡的房间

此时我已经别无选择,手机后面的人,成功地将我逼进了这个游戏里。

我有些意外,这个神秘人似乎并不吝啬于沟通。以前我遇到的三叔、小哥这样的,对于这些事情都讳莫如深,但是这个人,言语中带有一丝炫耀。

他是真的七指吗?现在已经不重要了,对于我来说,他是谁都不重要。我暂时以七指来称呼他，其他事情，肯定是找到他之后才能获知。

七指，是我三叔地下室的设计者，那个地下室非常简陋狭窄，我现在还能记得那种逼人的气味。

看了看四周的水泥墙壁，我忽然意识到，这个地方，确实和我三叔书房下面的暗室非常类似。

小哥，地下室，这些信息轻描淡写就被说出来了，但实际上，我知道这些事情，花了好几年的时间。

走廊再次转弯，我已经意识到这是一条回廊。我正逼近那个女孩，她回头看我，我们中间也就六七个灯位了。

"别跑了，我没有恶意。"我一边看手机，一边扶着腰叫道。

"不要跟着我！"她开始有点歇斯底里了。

如果我肚子大一点，感觉就可以轻易地喊出"你要对我肚子里的孩子负责"这样的话，扶腰的动作实在太应景。

"你现在就在这个建筑里吗?"我发短信问道。

"是的。"

"你为什么不出来直接见我？"我谨慎地发短信过去，"我朋友现在在哪里？"

"他没事，我只是暂时把你和他分开了，外面的世界太复杂了。"短信发来，"我需要和你真正地单独对话。"

"我变成一个人很容易，你随时可以出来见我。"

"我出不来，"隔了很久，手机才亮起来，"你见到我就明白了。你只能靠自己找到我，我会给你提示的。"

出不来，难道他的行动也不自由？我心里咯噔了一声，总感觉这个七指另有隐情。

前面的走廊尽头出现了一片黄色的暖光，好像是白炽灯的光。女孩一下冲进了这团光里，我也跟了进去，一下增加的亮度差点闪瞎我。

我睁不开眼睛，一下就被地上的东西绊倒，摔了个跟头。我挣扎着爬起来，就看到走廊的尽头，是一个房间。

房间有十三四个平方,里面放着一张老旧的沙发,墙壁和天花板上贴满了报纸,一边的墙壁上还有一个大洞,显然是有人在这儿挖掘,但是挖到一半失败了。房顶上垂下了无数的电线,每根电线上,都有着一盏白炽灯,错落地挂满了整个房间,使得这里亮得好像微波炉一样。

最起码有几千盏,高高低低的,好像葫芦,我无法抬头,实在太亮了。

在房间的地板上,我第一次看到了通风口,有风从里面吹出来,冷风和巨大的热量在这个房间里交锋,形成一种混乱的轻微气流。通风口下面,一片漆黑。

女孩躲到沙发后面,这个房间是死路,已经没有地方可以退了。

设计这个地方的人,脑子肯定有点问题,我蹲了下来,靠近灯的地方温度之高,让人感觉挂在较高地方灯泡的玻璃都是软的。

女孩满头大汗,我心说终于结束了。这时,

就看到女孩的手机振动了一下，她拿了起来，忽然对着我"咯咯咯咯咯"地笑起来。

"我没迟到。"她说道。

"啪"，房间里所有的灯全部熄灭，瞬间一片漆黑，几乎是瞬间，"啪"一声，所有的灯再次亮了起来，我惨叫一声捂住眼睛。

我用力挤压眼睛，四周所有的东西都有视网膜灼伤的阴影，我眯起眼，就看到那个女孩消失不见了。

我冲到她刚才站的地方，环视四周，然后去推沙发，沙发是固定的，浇死在水泥里。她不见了，几乎是一瞬间，她就从这个房间里蒸发了。

"刚才那个女孩是怎么回事？如果你想单独见我的话，为什么她在这里？"我问道。

"女孩？你在这里看到了一个女孩？"短信回了过来。

12 你是疯我是傻

"是的,千真万确。"我打字回去。

我坐到沙发上,不停地揉腰。

沙发是真皮的,外表的皮质层经过多次的冷热变化,已经开裂,很多都剥落了下来,使得沙发显得很老旧,但里面的弹簧和海绵还是相当地舒适,是上等的手工艺沙发。沙发本来是棕色的,如今已经发白偏向灰色,沙发的四个脚,死死地卡在水泥中。

这不符合常理,这个沙发,一定和刚才那个女孩的突然消失有关。

没有短信回过来,我浑身的汗都被这灯烤干了,然后又出了一层虚汗,对方仍旧没有反应。

我看着手机,想着他最后一句话,他不知道这里有其他人存在,因为对于我看到了其他人,他显得非常惊讶。那他此时应该在彻查这件事情，没时间回复我。

但这很不自然。

我抹了抹脸，又想了想，发现不仅是不自然，而且出现了逻辑问题。我用记事本把我刚才有所在意的细节，全部在手机里罗列了下来。

我要看那女孩的手的时候，她把手藏了起来。

之前手机对面的七指惜字如金，但是在我追那个女孩的时候，他不停地和我聊天，给了我很多震惊的信息，导致我的速度下降。

这个房间的光线设计过，在那么亮的地方，突然熄灭所有的灯再马上打亮，灯光会灼伤人的眼睛，这是用来施展障眼法的最好时机。这个女孩一心要回这个房间，目的明确，而障眼法，不熟悉机关的人是无法使用的，说明这个女孩了解这个机关。

七指给这个女孩发过短信，我看到了，就因为我看短信的瞬间，女孩才找到机会推开我。但是现在他又惊讶，如果他不知道有个女孩在这里，那这个女孩就不是他的人，那势必有另外一个人劫持了另外一个手机基站，和这个女孩交流，这算是Ａ组Ｂ组的综艺节目吗？不，事情不可能那么复杂。

他发来短信的时机，和这个女孩的各种行为有着非常贴切的节奏感，显然知道我和那个女孩之间的距离。

胖子的枚举法对于梳理思路很管用，这里确实还有很多很多不自然的地方。

这个七指的言论，和我所看到的事情矛盾越来越多，这使得这件事情越来越复杂，让人看不懂，就同当年三叔和我的情况一样。

但如果事情非常简单，我只相信自己看到的一切，那这个女孩绝对不是在这里出现的神秘第四人，很大可能她就是七指本人。

她用突然出现的钢琴开始营造气氛，之后将我们困住，把小花和我分开之后，为了能够让我感觉到恐惧，她冒充小花的样子，出现在楼梯上方，希望能造成这个楼梯空间错乱的感觉。但是她没有想到我的动作那么快，仓皇之下,她来不及逃跑,还被我踹倒了。

为了逃脱,她先用手机给自己发了一条消息,然后借机推开我跑路,一边跑,一边给我发消息。慌乱中,她不得不爆出猛料,让我的心志受到动摇。

七指是个十六七的女孩,按照线索来推断是不可能的,这里面肯定有其他故事,但不管她是七指的后人还是七指是个妖怪,都不重要。

然后她到了这个房间,用手机控制这里的灯,最后启动机关,成功逃脱。但是,故事已经破功了,神秘建筑和解放前的诡异建筑师,可怕的突破时空感的密室——这些前提都已经破产,她已经没有办法连贯地解释自己的出现。

自始至终,这个地方就只有三个人,我,她,小花。

差不多就是这样,想到这里,我的心跳慢慢也缓了下来。如果我料得没错,她现在正绞尽脑汁,思索如何合理解释我看到的一切。

我站起来,来到她刚才站的位置。用手机

关灯之后,她肯定手动启动了某个机关。

我抬手,伸进滚烫的灯泡阵中,手部的汗毛立即卷曲了起来。我用手指一个一个去摸,烫了就缩回来,试了半个多小时,终于摸到了一个并不是那么烫的,可以用手握住的灯泡。

我用力往下一拉,面前的沙发一下翘了起来,因为当时我一手搭在沙发上,沙发翘起的同时,我被带着甩了出去,直接被甩到了来时的路口。

原来在灯暗的瞬间,女孩用这个小把戏,从我的头顶上跃过,来到了我的背后。

"只是个魔术。"我忽然兴趣索然,抬头就看到走廊上方的黑暗处,垂下来一根绳子,我抓住绳子,绳子瞬间往上,将我拉进了走廊上方的黑暗里。

瞬间下面煤气灯一盏一盏照亮的好像装饰光带一样的走廊迅速远去,接着面前一块黑色的东西晃过,我进入了一个全黑的井状通道中。

绳子速度很快,拽着我一路往上,六七秒后,绳子停了下来。我双手乱抓,黑暗中抓住了一边栏杆样的铁条，用脚尝试着，终于点到了地面。

一片漆黑，只有前面很远的地方有一个小光点，在不停地闪动。

我打开手机的手电，照了照四周，满地都是钢筋的铁头，一根一根从水泥里刺了出来，在这里摔一跤肯定就成糖葫芦了。墙壁上也是钢筋铁头，我小心翼翼地往那个光点处一点一点靠近。

"我找到你了。"我对着那个光点说道，那明显是手机屏幕的光线，"姑娘，我知道就是你，你不用装了。"

"啪"，一盏台灯被打开，黄色的光晕染开来，我看到前面有一张和刚才款式一样的沙发，沙发的边上，放着一盏落地台灯。那个女孩坐在沙发上，被五花大绑，她惊恐地看着我。

这时，小花从台灯后面走出来，手里捧着一杯茶。

"不好意思，先到一步。"他坐到沙发上，说道，"你腰没事吧？"

我愣了一下，看着小花有点小得意的表情，

他还跷起了二郎腿，把茶杯放到自己膝盖上，不由得心中暗骂，兄弟一场，要不要这么拦截我的成就感？

我捂着腰朝他走过去，盯着这个女的，看到她的头上肿了一个大包。

"你们都不是男人，打女人！"女孩子哭道。

我抓起女孩子的手，看到她的小拇指外侧有手术的疤痕，心中莞尔，难道真的是七根手指，手术去掉了两根？

我转头问小花："你什么时候到的？"

小花喝了一口茶："半个小时前吧。我一直跟在你后面。"

"你跟在我后面？你不是中了她的招吗？"

"你是指楼梯上吗？那种陷阱怎么能困住我，我只是想她肯定看不到我到底中招了没有，于是干脆不说话，没想到你一下就爬上去了，身手不错啊现在，体能还要加强，你得戒烟了。"

"先别扯这些。然后呢？"我忽然意识到刚才发生所有事情时，小花都在后面看着我，脸一下就红了,太丢人了。

"然后我一直跟着你,到了那个灯泡的房间,正好那女的从里面翻出来,正抓住绳子用卷扬机上来,我跑上去,抓住了绳子的末端,你知道玩绳子我很擅长的,在绳子上我就把她搞定了。"小花扬了扬茶杯,问我要不要。

我捂住脸,觉得自己好蠢,蠢到没边,怎么能蠢成这样。

"然后我发现这里有茶具,想起你在下面很有兴致,于是我打算休——"

"打住,不用说了。"我看向那个女孩,决定转移话题:"你到底是谁?现在可以说实话了吧!"

13 恶魔设计

女孩把头一转,做出了一个鄙夷的神情,不理我。

我上去抓住她的脸,一阵撕扯,疼得她哇

哇大叫。没有人皮面具的痕迹，真的是一个小女孩。话说回来，如果七十岁左右的七指还假扮十六七的小女孩，也有点变态。

我内心有些恼怒，这么小的年纪阅历尚浅，就是如小花这样经历非凡的，十六七的时候也不会过于老练。那这么看来，她说的有救他出来的办法，又说三叔的地下室，可能都是信口胡诌的了，只是不知道她从哪里得来的消息。

我对于用这种事情和我开玩笑的人，极度没有好感，所以我的表情应该是冷了下来。

小花把茶杯放到沙发的扶手上，站起来走到台灯后面，我看到那边有张桌子，上面有热水壶，一桶矿泉水。桌子下面，有一个奇怪的东西，一根棍子上绑着很多盒子和天线，这应该就是手机的基站，我没见过，但看上去挺像的。棍子是被气割割断的，看上去像是偷来的。很多电线通到棍子里，连着一台手提电脑，电脑边上是各种插线板。

小花给我泡了杯茶，我喝下去后，心中的

郁闷稍微舒缓了一些。

我们长久都没有说话,气氛就变得很尴尬,女孩的脸色也变了,从刚才觉得可以撒泼卖萌的气氛里,慢慢地意识到,我们不是可以开玩笑的人。

我冷冷地喝完茶,拿起她的手机,不停地翻动,看到了她给我发的几条短信,也看到了她发给自己的那一条。我打开她的相册,看到了不少自拍,以及我们刚进这个屋子时候的照片,她似乎一直在尾随我们。

镜头的聚焦点大部分是我,基本都是中景拍摄,少数是小花,但都是特写。

看上去就像是工作照和粉丝照的区别。

我打开她的通讯录,里面没有任何电话号码。

"这是在侵犯我的隐私,你们怎么那么差劲呢!"女孩呵斥道。

"为什么用对社会男性的要求来要求我们?"小花问道,"我们可不是你的同学或者你的老师。"他看了看身后的桌子,"如果这一切都是你弄的,虽然你不是很讲究,但至少你的行动力超过一般人很多，你不是生活在平常人社会里的人，应该知道我们是怎么样的人。"

女孩气呼呼地盯着小花，慢慢脸就红了。我皱起眉头，看到她咬了咬下唇。

什么情况？我心说。

"那至少我是女孩子，你们就不能有些绅士风度？"

小花笑了笑，表情忽然冷了下来。

和我的表情变化是完全不同的状态，小花垂下眼睑，低含下巴，再抬起头的时候，所有的微表情都消失了，所有的亲和力都消失了。

"我的感情本身就不太多，仅剩的只够用在朋友身上，敌人还分性别，那活得太累了。"

之前小花的表情，不管是严厉的还是舒缓的，都带着一种天然的亲和力，能让人放松警惕，感觉缓和舒适。这种亲和力一消失，感觉整个人就翻到了刚才的反面，说起来并不是太凶悍的表情，只是不再微笑，加上眼角一垂下来，就是让人感觉很不舒服。

其实小花是一个极端不好相处的人吧,他把自己所有好的东西都集中起来给了少数几个人。

女孩感觉到了,整个人身体往后缩了一下。小花转过头,露出了一个俏皮的表情,意思是,你看,得这么吓唬人才行。再转回去的时候,他表情又变得非常晦涩。

果然是演戏出身,我心说。我对那个女孩说道:"我已经找到你了,按照约定,你也应该把答应告诉我的,说出来。"

女孩道:"一个人,我说了,你得一个人找到我。"

"是这样的。"我看着女孩,指了指她身上的绳子,"你自己蠢我帮不了你。"

女孩恼怒了,摇动脑袋:"不准说!"

我头疼,这女孩丝毫不按常理出牌,她不顺着我的思路往下走,这通常是恋爱时期女子的特技,但我并不想伤害她,否则先打断她鼻梁骨,气氛就不可能通过撒娇来破坏了。

正琢磨着,忽然边上的墙壁里传来了一声

空旷的钢索抽动的声音,接着,"哐哐哐"几声巨响由远到近。

"又来了。"女孩脸色一变。

"什么又来了?"

"那东西又来了。"女孩嘘了几声,我们就听到,一声闷闷的哀嚎从墙壁的四处回荡着传了过来。

哀嚎缓缓消失,我看着女孩,看到她脸色发白,她说:"好近。"

"到底是什么东西?"我抓住她的下巴,把她的脸扳过来。

"我不知道,它在'内层',我们在'外层'。它能听到我们的声音,在找我们,但它出不来。"女孩子说道。

"什么你不知道,这地方不是你设计的吗?"

那女孩咧嘴看着我们:"谁说是我设计的?我设计得出来吗?"她压低声音,"这地方是魔鬼设计的。"

14 青铜门

"魔鬼设计的?"我看着这个女孩,她得意地笑起来。四周的声音慢慢低下去,然后消失。从她的笑容中,我看出了一些惊惧,显然她对于刚才的声音有所恐惧。

"太近了。"她说道,"都是你们两个害的,它如果找到我们,不知道会发生什么事情。"

我实在不明白她在说什么,其实她仍旧占着主导地位,无论在情绪上,还是在语言上。我回头看小花,小花就看着我,有点像看我如何处理的样子。

自从黑瞎子公开对其他人说他要教我一些东西之后,所有人都用一种奇怪的眼神看我,似乎我是人尽可教的,不来教我一点东西就不算上流社会的人,这让我好生不爽。但我确实对于这种女孩无计可施。

胖子特别会处理这种情况,可惜他不在。

"这样吧。"女孩看了一眼小花,然后对我说,"你让你朋友待在这里,我带你去一个地方,顺便把事情告诉你,然后你们赶快走。"

我看着她,她看着我,我道:"听上去你要耍花招的样子。"

"你可以绑着我,反正绑得挺舒服的。"她道,"你该不会这样都不敢?"

我还真不敢,心说你跑了我怎么向小花交代?没想到小花对我做了一个鼓励的表情。

"我们没时间和她在这里干耗,我在这里查查她的手机,她身上我已经搜过了,没有武器,你可以熟悉熟悉这种状态,以后一定会碰上的。"

我看着小花,小花对我做了一个表情,似乎有什么用意,但是我猜不出来。

既然小花这么说了,我也不好再尿,我将她挂在我的身上,然后用卷扬机把绳子再放下去,回到了走廊里。小花没有下来,女孩抬头看到绳子上去了,明显松了口气。

她歪头看着我，我歪头看着她，她吸了下鼻涕，说："走吧。"

"别玩花样。"我严厉道。

"你能别逼逼吗？没见过你这样的男人，要不是你跑得还挺快的，我都觉得你就是一厌货。"她扬起下巴看我。

手机屏幕亮了起来，我看到乱码的短信又发了过来，只不过这一次不是她发的，是小花发的。

"解开她的绳子，不要解释为什么做，如果她逃跑，说明她本身就想跑，我在上面看着，她跑不了。如果她不跑，说明她真的有消息要和你说。——解语。"

我收起手机，解开了女孩的绳子，女孩有些惊讶，甩了甩手："干吗？"

我不理她，做了让她继续走的动作。

"你不怕我跑啊。"她眨了眨眼睛。

"我赶时间。"说着自顾自往前走去。她嘟了嘟嘴跟了上来。

原来是这样,我暗叹,对付女孩要欲擒故纵。

我们到了来时的暗道口，从里面看，这个机关就没有那么神奇了，只是把某一层的楼梯厚度做大点，利用煤气灯照亮每个楼层之间的亮度差，把厚度隐藏起来。我爬了出去，推开楼梯板，回到了楼梯上。

其实从在这里追击她开始，也就是一个小时时间，但回到这里感觉恍如隔世。

"这个楼梯井到底是干吗用的？"

"这里是恶魔的巢穴。"她说道，"让你朋友在手机上输入 #deck——room all——c #，发送到 03498。"

我在手机上键入她说的东西。

"让你见识一下，为什么我称呼他是恶魔。"

小花回了个 OK，一秒后，啵啵啵啵，楼层中的煤气灯一盏接一盏地灭了，刚才那段代码是控制这里的煤气灯的。

整个楼层陷入完全的黑暗之中，只剩下手机屏幕的荧光。

慢慢地，这里开始出现荧光，水泥墙壁上

开始出现一条一条的线条，非常暗，但是在完全的黑暗中，还是极端清晰。我揉着眼睛，把手机屏遮住，以便看得更清楚些，慢慢地，整个楼梯井的墙壁上都出现了各种几何图案。

我凑上去看，惊讶地发现这些都是设计图。整个水泥墙壁上，用荧光涂料画满了各种设计图。

"我爷爷设计这里的时候，是因为当时和苏联的局势紧张，准备在这里避世，囤积了很多食物，但是后来形势没有恶化下去，这里就荒废了。很久之前，这里偶然进入了一个傻子，当时这里是绝对黑暗的，谁也不知道他是怎么进来的，他几乎是全盲般地在这里生活了十四年，这些都是他画的，我爷爷仔细分析过这些图，他说一开始傻子只是试图画出这里的原始结构，两年后，他终于成功了，但是他那个时候已经完全疯了。他没有离开这里，而是在我爷爷的结构上继续创作，画出了这些设计图，还画出了连我爷爷都不敢想象的建筑的内部结构。"

偶然进入了一个傻子，是指陆傻?

整个楼梯井的荧光越来越亮,无数复杂的线条和数字显现出来,我呆呆道:"为什么会使用荧光颜料?"

"这些不是颜料,是血,经过荧光处理之后,才能保存下来。"

我坐了下来,看着上下无比繁杂的光晕充斥了整个空间。

这是一个塔,楼梯盘绕而上,中间只有一个一臂宽的楼梯井。整个空间都是黄水泥浇筑,显然修建的时间很早,铁栏杆都腐朽了。这里没有任何的特征、装饰,没有任何的美感,唯一的装点是在这个楼梯井的墙壁上,一个傻子十几年来在黑暗中思考,用血涂抹的脑子里的巨型结构。

"我爷爷开始按照这些设计图扩建这里,然后,他就不见了。"女孩子说道,"工程进行到一半的时候,他进到这幢建筑里,然后再也没有出来。来,我让你看一样东西,你一定会有兴趣。"

黑暗中她拉着我往上来到楼梯井的顶部,这里有一面光秃秃的墙壁,上面画了大概有一人多高的一张巨大的设计图,画得非常粗糙。

那是一个巨大的空间平面图,非常非常复杂,犹如高强度的集成电路,在尽头的地方,我看到他画了一个门。

虽然很小,但是,我意识到,这就是那扇青铜门。

我退后了一步,差点从楼梯井直接翻下去。

这是青铜门背后的设计图!

"我没骗你吧。"她道。

15 陷阱

"那个傻子最后怎么样了?"我问女孩。如果我没有料想错,这个傻子最后应该是死了。

女孩指了指我面前的地面:"他画完这张图就死了,就死在了这里。"

很久以前,我在尼泊尔和墨脱,都听到过很多天授诗篇的传说,很多人一场大病之后,忽然就可以背诵几百万字的史诗。他们概不承认是父传子或者是师徒相传，只说一夜之间，这些文字就出现在记忆里。

古西藏的文盲比例很高，大部分的教育都集中在僧侣和贵族体系里，老百姓几乎处在一个没有文字的世界里。

不仅仅是在西藏，在中原地区和北方，这样的传说案例也有很多，在当地被称为撞邪，一个人忽然获得了大量的知识和画面之后，短时间无法处理，行为举止变得不正常。

我不了解陆傻，但是在黑暗中被封闭了十几年，其间不停地画出这么复杂的设计图案，和某一个人的行为比较像。

张家人有着极长的寿命，据说活到一定岁数之后，他们中的某一些，也会出现天授的现象，他们会被忽然出现在脑子里的信息，驱使去做一些匪夷所思的事情。这些事情，往往对于这个世界，有各种潜移默化的影响。

"他的尸体还在吗？"我问道。面前巨大

的图样,不是普通的设计图范例,更原始,更直观,我完全看不懂。但是我有建筑设计的基础,我能理解整体的表达意思。

女孩摇头,我在陆傻死亡的地方坐了下来,整个人安静专注得犹如一座雕像。

陆傻是小花的门房,如果他是一个特殊的人,被困在这里之后,产生了天授的迹象,他明白自己的使命,但是他也知道自己已经被困死,为了让脑子里的信息能够传播出去,他在临死之前,用自己的血,把大脑里出现的所有图案都画在了墙壁上。这是一种可能性。

还有一种可能性是,这里是一个特殊的地方,某种人,比如说智力比较低下的人,在这里容易接受到一些来自老天的信息。陆傻无法理解脑子里的东西,在狂乱中完全疯了,把这些图画全部画了下来。

我不相信巧合,所以,我比较认可前一种可能性。

"你没有和我说实话,这个地方,不是用来做什么人防掩护所的,对吧?"我看着这个女孩,"你爷爷,就是七指,你说他帮我三叔设计的地下室?"

女孩点头,看着我。

"这个地方是一个陷阱。"我说道,"你爷爷和我三叔两个人设计了这个陷阱,我三叔肯定在这里放了一件特别重要的东西,把陆傻引了下来。"

不管是张家人,还是汪家人,当时三叔对于身边这些无形的势力非常厌恶,他是有杀人的这种恶意的。

而在整个家族热衷于寻找七指的时候,的确只有他那样的行动力,才能够和七指建立联系。

七指和我三叔或者是解连环,在这栋老宅下面,做了一个陷阱,放入诱饵。他们的举动引起了某一方的好奇,于是有人扮作陆傻,潜入了这间屋子。机关发挥了作用,陆傻被活活困死在了房子里。

"你爷爷并不在这间屋子里。"我说道,"七指设计的机关害了人,对方不可能放过他,他应该是被人带走了。"

"啊？那他去哪儿了？"女孩本来得意扬扬，看我一下好像什么都知道了，有些不习惯。

我站起来，我三叔在这里放了个东西，把陆傻引了下来，这个东西应该非常重要，我必须知道那是什么。

16 推测

气氛让我有些窒息，西藏之行后，我再一次感受到无形的危险和压力。想到我的家族时刻生活在这种压力里，我特别理解他们给我取名的心情。

女孩还在问我："那我爷爷去哪儿了？"

我勾住她的肩膀："我问你几个问题，现在的情况比你想的要糟糕，所以你必须如实地回答。"

她想挣脱我，真是个倔强的孩子，但是我勾得很紧。

"你爷爷是什么时候不见的？"

"两个月前。"她被人触碰露出很不自在的表情。

"好的，你听好，这些设计图代表着一个又一个秘密，它们仍旧在墙壁上没有被人抹去，说明陆傻死了之后，他的族人并没有来过这里。你爷爷非常厉害，他设计的房子，让那些人不敢进来。"

"那是当然！"

"他们行事很谨慎，最好的方式是把你爷爷抓住，让他说出这里机关的破解方法。我们来大概推测一下事情的发展过程，首先你爷爷时隔多年进入这里，发现了陆傻的尸体和墙壁上的这些图画，他清理了陆傻的尸体，是他的第一个错误。肯定是这个错误让他们发现了你爷爷，重新出现在世界上的陆傻——虽然只是尸体，引来了那批人，你爷爷因此被抓。"

女孩看着我，我说道："我记得你和我说过，你没法离开，要我自己来找你，对吧？这并不是完全的谎话,后半句是为了拖延我的时间,但是前半句是你的真情流露。你是进来找你爷爷的,但是你爷爷改造了这里,所以你进来之后,发现原来的结构发生了变化。"我也看向她,"你出不去了,对不对?"

她看着我的眼神发生了微妙的变化,不是肯定,是疑惑和反抗。

"不对,你不是出不去,你出得去。"我看着她的眼神,推测我的说法是否正确,这是和算命的学来的,"你是不敢出去,你爷爷在这里给你留下了警告。你爷爷最后一次进到这里之后,发现自己已经被盯上了,他在这里被困了很久,最后决定出去周旋,但是最终失败被抓,他知道他出事之后你一定会找他,所以他在这个房子里,给你留下了线索。你进来之后,看到了提示,知道自己出去也一定会被抓。"

女孩的眼圈红了,我继续问道:"你爷爷给你的提示是什么?"

"我爷爷说,要我不惜一切代价,把这些

图样交给一个叫作吴邪的人。"

我掏出烟,颤抖地给自己点上。

"我爷爷还说,我只要离开这里,就会被抓。所以我要自己想办法。"女孩的眼泪掉了下来,"我也不知道怎么办,我爷爷没有告诉我怎么办,他好像一点也不关心我的死活,只想对你负责,难道你是他的私生子吗?"

不要随便认亲戚。我心说。

七指那么了解我,我忽然有点感觉,七指可能不是一个陌生人,七指是一个我认识的人。

楼梯间的墙壁里,传来了无比亢奋的一阵钢索的拉扯声。我冷冷地看了看声音传来的方向,现在追究这个问题不合时宜。

"他们会不会伤害我爷爷?"女孩捏紧了双手,摸着自己手上的伤疤。

"不会的,但他们会逼问你爷爷安全进到这里的方法,不过你爷爷应该早就做好了准备,这些人应该被你爷爷引到了你所谓的'内层',你听到的这些声音,应该就是他们活动的动静。"我道。这些这个女孩肯定知道,所以她听到声音的时候,有恐惧但是并不惊慌。

这是一个死结,七指无法找到办法解决这个问题,他一出去就会被抓,既无法通知自己的孙女,也无法做任何的部署。他知道自己的孙女一定会重蹈覆辙,他能做的就是把一切详细地写下来。

他很绝望,不过,这个女孩却做到了他做不到的,我进到这个地方来,不是一个巧合。

"也许你爷爷对你很有信心。"我说道,"你叫什么名字?"

"我叫唐宋。"她道。

"唐宋,你做了什么事情,把我引到了这里?"

"我不需要做什么事情。"唐宋说道,"我给我爷爷发了个短信,说'我发现了青铜门里的内部结构,不管谁看到了这条短信,让吴邪下来陪我,否则我就把这些图全部都擦掉'。"

我目瞪口呆地看着她,她这是直接和对方对话,威胁对方。

17 寻找

"然后呢？"没有后招的话，这和自杀没什么区别。

她一下又哭了，捂住脸："我怎么知道然后，我已经把这些图都给你看了，我已经尽力了。"

所以，是那些人设计让我来到这个房子里的，对于他们来说，让我不察觉地进入一个地方或者参与某个事件太容易了。

他们可能同时在我身边所有人的关系里都做了尝试，我不知道小花忽然要盘库的理由，但很可能是别人制造了一个理由出来。而盘库需要人手，他们通过各种各样的方式，让小花找不到其他人，只能选择我。

如果我在小花这里没有来到这个老宅，他们肯定还会有其他的办法。

然后，唐宋通过操作机关把我弄进来了。她

没有想到的是，小花和我一起进来了，她不知道小花是什么角色，于是想尽办法让我和小花分开。

"你以前见过我吗？"我问她，因为我并不认识她，所以我不知道她是怎么知道我来了的。

"用收音机。"她眼泪根本止不住，"那台收音机可以听到所有房间里的一切声音，调频就可以了。你们盘库来了很多人，我花了好长时间，才确定你在里面，你在哪个房间。"

我看到她的样子，忽然就想起了自己当年的样子，心中有些酸楚，比起我，她算出色很多了吧。

我摸了摸她的头发，对于她我还有很多疑问，但现在最重要的是其他事情。

"有没有办法把这些结构图全部抹掉？"我问她，"只留下这一张？"

这些结构图，有些是巨大的古墓，有些是山洞的通路，每一张背后可能都有一个庞大的故事，一定都精彩纷呈，但我没有兴趣。我唯一的兴趣就是面前的这张图。

"破坏墙面就可以。这一张不破坏吗？"

"不，我要把它背下来。"我道。

我的思路很清楚，这并非什么恩赐，七指这个人，并不是什么善良的导师。唐宋的直觉是对的，七指并不在乎她的死活。

所有的一切都只有一个信号：

"吴邪，你如果要救他，那你必须先救我。"

这张图我完全看不懂，即使把它发到网络上，传得满天下都是，最终的结果也会和以前的各种情况一样，只会出现越来越多匪夷所思的线头，有很多力量会阻止有效的信息来到我这里。

我必须找到七指，他能看懂这张图，而七指现在肯定就在那帮人手里。这就意味着，我不仅要和这帮人正面交锋，而且我不得不是进攻方。

那帮人，更大可能是汪家人，因为在墨脱，我已经明白张家现在几乎不存在了。

而对于汪家来说，家族多年给我的保护，仍旧让他们对我心存忌讳，但我走到了某一步之后，就会过线，我就非死不可。

我之前一直找不到线在哪里。现在，我终

于靠近这根线了。

我现在要解决很多问题。

如何让汪家在我离开这里的时候,放我一马。

如何保全这个女孩子还有小花。

首先,必须让汪家实现目的,但又不能让他们完全实现目的。我不能走一步两步三步,我要走一百步,一千步。在这里的这段时间,我必须完全想明白应对的方式,不能靠小花,那样会让他变成众矢之的,他不能到我的计谋里来。

只能靠我自己!

我坐在图画前面,用了三个小时,确定自己把复杂的图形细节,用围棋背棋谱的方式全部记了下来。

这个设计图,其线条的复杂程度,超出所有人的想象,我只能大概形容,这是一个集成电路板,无数的线条互相交叉,交叉之中还有无数细微的线条和线条分支的关系。如果要我仔细分析的话,我认为这不是建筑设计图,而像是一种非常复杂的印玺图案,或者是一个巨大的迷宫。

极弱的光线下,我实在无法做任何分析,无论我多么想立即知道这是什么,现在也无能为力。

我挽起了袖子,从皮带的内层抽出一枚牡蛎刀片——用高密度的深海贝壳做的锋利的薄片,在自己的手臂上划了一下,瞬间血就涌了出来。我脱掉T恤,捂住伤口,等血浸透T恤,我在青铜门的这张图上,画了一个七指的图案。

手臂火辣辣地疼,为了不让伤口凝固,我掰开伤口的两边,接着用沾满血的T恤,去擦拭图画上面最复杂的部分。

以血洗血。

"你这是做什么?"在边上昏昏欲睡的唐宋被我惊得慌乱。

"你说陆傻有推断出这个地方的结构图,对吧?"我对她说道,"带我去看看那张图。"说着往楼下跑去。

首先,还是要找到我三叔留在这里的东西,那个东西的重要性,肯定不在青铜门之下。这里有三个人,要有更多的杀手锏,才能保我们平安。

18 十一间房间

唐宋立即把我叫住。

"在我这里!"她喊道,"那个东西,在我这里。"

我停下来,看着她,她手里拿着一个东西。

"我爷爷在那具尸体的背包里找到的,和刚才那些信息一起留给了我。"我走上去,看到她手里的东西很小,就在我要从她手里接过东西的时候,她忽然把那个小东西一下扔进了嘴里。

我眉头一皱,上去抓她,她卡住喉咙一边往后跑,一边跳。等我揪住她的头发把她按在墙壁上时,她已经把那个东西吞了下去。

"你疯了吗?"

她不停地干呕,敲着胸口:"好了,现在你就把我当成那个东西。"她的脸都绿了,不过这丫头的喉咙可真是够粗的,要是秀秀肯定已经噎死了。

"什么把你当成那个东西？"我大怒。

"这样你无论干什么，都得算我一份，要保你也得连我一块保了，要杀也得连我一块杀了。"她道。

"你他妈有病！"我抓着她的头发，恨不得拿她的头撞墙。

"我爷爷说了，人得给自己找到利用价值，不要给别人放弃你的理由。"她盯着我，"你应该懂，我什么都告诉你了，你要是把我丢在这里，我怎么办？"

我的情绪有些失控，努力压制怒火，深呼吸了好几十口，对她道："去上厕所去。"

"不要。"

"你总要上的，这不是你控制得了的。"

"我便秘，你有的等了。"她竟然有点自豪。

冷静冷静冷静，我血压升高，牙龈都疼起来。看到伤口又开始流血，我撕开T恤把伤口绑起来，对她道："你至少告诉我，你吞了什么东西。"

"是一枚戒指。"她道,"我爷爷说从陆傻的尸体手上摘下来的,就是陆傻在这里找到的东西,非常重要,爷爷让我贴身保管。"

我盯着唐宋的眼睛:"陆傻死在了这里,他的尸体肯定会先开始腐烂,然后一点一点阴干,那枚戒指上肯定有很多蓝色的斑点,那些叫作尸沁,都是尸体的体液泡出来的,你知道尸体的体液是什么样子的吗?"

唐宋捂住了嘴巴,我继续道:"你见过泔水吗?你往泔水里倒进去牛奶和黄油,就是尸体的脂肪还没有完全腐烂的样子,那个酸臭……"

唐宋脸色变得苍白。

"好了,你给我仔细想一下这枚戒指是什么样子的。"我道。

"上面有鬼的头。"她努力回忆,好像想到了什么,开始呕吐。

鬼的头,我吸了口凉气,脑子里立即出现了以前的画面。

我尚且不知道这种戒指是否有实际的功能，但从当年浮雕上的提示看，这枚戒指和鬼玺最早的图腾有着非常强的联系。所有的鬼玺资料里，都记载着鬼玺上面有着三个凹槽，正好是三个小鬼的头部，当时我就判断这很可能和持有者戴的戒指有关。

难道，真的如我所料？而其中一枚戒指，竟然被三叔找到了？

我当时仔细推演，还曾经对三和二这两个数字着迷，因为闷油瓶有两根手指很特别，而鬼玺有三个凹槽，这其中不知道有什么联系。

四周又传来钢索扯拉的声音，虽然对于七指有信心，但是这动静越来越大，对方毕竟不是省油的灯，也许会搞出一些意想不到的状况来。这种时时存在的压力，让人很不舒服。

唐宋吐出了糊状的东西，有一股熟悉的药水味，看样子，这段时间她没吃过什么正经东西。

"后悔了吧？"我问她。

她点头，泪目婆娑，一脸丧气。我把她揪

起来，事情已经这样了，能不能吐出来听天由命，但时间不多了，其他事情还得继续做。

小花一直使用手机和我们保持着联系，此时已经是深夜，他肯定在打盹。我神经高度紧张，此时也有了一丝疲倦。

来到了唐宋说的陆傻推断出来的整个建筑的结构图这里，荧光的光线已经开始暗淡，我的眼睛真的快瞎了。

这个结构图，一看就是外行人画出来的，清晰但是有很多不专业的地方。比起他疯掉之后画的图，这张图简单很多，逻辑也是常人的逻辑。

我是建筑学专业的，只扫了一眼，就明白了这里的简单结构。这个地方其实并不玄妙，真正精巧的地方，只有一个。而正是这个精巧的地方，让陆傻放弃了离开这里，开始拼命地把大脑里的画面画出来。

这是一种绝望。

是因为光，他在这里的时候，耗尽了照明能量，在完全漆黑的环境下，是无法通过那个机关离开这里的。

设计图上有很多的数字,二十三点十一,十一点十二,写在每一个房间之上,但是并没有逻辑顺序。

"你来解释一下。"我问道。

"这些数字是坐标,你记得那个全是灯泡的房间吗?这里所有的房间,都有大量的物品堆积。所有的房间里只有一个东西是正确开关,其他的都可能会启动陷阱。而陷阱都是致命的。"她道,"写在钢琴上的坐标,如果你在书架上的古董堆,按照横竖坐标对比去找,就能找到让钢琴出现的机关。不过,坐标并不是一成不变的。每过一小时,所有房间里的坐标都会重置。你如果有那个收音机,那么重置完之后的坐标,会通过报时报给你。"

"所以……"我看着这张设计图。

"所以这张图上的坐标已经全部失效了。他画完这张图的时候,也应该明白了这一点。"

"那我刚才在那个灯泡的房间,岂不是很危

险?"我道。唐宋摇头:"那个房间的陷阱已经被我拆掉了,你没看到墙壁上的大坑吗?那个房间我经常用,免得误操作,所以早做了准备。"

你还真够拼的,我心说,这女孩身上表现出很多男性都不具备的素质。

"要从这里出去很容易,从那个钢琴的房间开始,你要经过十一间房间,找到每间房间里的机关,所有的机关全部被打开,钢琴的房间就会回到老宅里。"

19 我早已看穿一切

"十一个机关,一定按照顺序吗?"我问道。

"我不知道,但是按照顺序比较保险。"唐宋回答道。

"所以,钢琴上的坐标,是你写的?"

唐宋点头:"第一个房间是用来分开人的,只要你们中有一个人触碰了那个坐标上的机关,房间就会发生变化,你们两个人除非抱在一起,否则肯定会被分隔开。我一直在尝试把你们分开。"

在野外待久了,这一行的人一般不会轻易分开行动。

我想了想,又点起一支烟:"你之前在这里活动,有没有受外伤?"

她摇头,做出了很强壮的样子:"我身手不错的。"

我点头,指了指四周的墙壁:"那你负责和我一起把这些图画全部破坏掉,然后我告诉你我的计划。"

"你有计划了?"她惊讶道。我点头:"我有一个十全十美的计划,你听了肯定满意。"

我们来到最下面的房间,也就是小花的内库房,从刚才那张设计图中,我无法推断出这个房间现在在哪里,是沉入了之前设计图下面的黑色阴影中,还是其他的障眼法把房间藏起来了。但楼梯井是真实的,上面的图画也是真实的，必须先毁掉。

楼梯边缘的书架上没有机关，相对安全，我们解开包着那些明器的白布，寻找可以使用的工具，很快，我从里面找出了一把古剑。

从白布上的记载看，这把古剑来自塔克拉玛干沙漠南部的一处河床，出土于一个行商的木头墓穴中，看装束，墓穴主人是中原人，应该是死于旅途的唐代商人。他被当地人草葬，唯一的陪葬品就是这把古剑。古剑刃口非常钝，这可能是被丢弃的原因。但明眼人一眼便知道蹊跷，古剑的柄很像环状密码锁，转动上面的环，把特定的符号并成一排就能启动机括，按照白布上的说明，我扭动上面的密码环，剑刃从剑柄的另一端刺了出来。

这是一把反剑，大概半米长，镔铁的刃口。和西域通商之后，中原经常有这样的小玩意出现，多是能工巧匠炫技，其实并没有太多的历史价值。但如果是孤品，历史上仅一把，在私人收藏界往往能卖出好价钱。

反刃一定被密封保护着，从剑柄刺出之后，能感觉到刃口寒气逼人，只是看着就有非常危险的感觉。用这个东西去破坏墙面的画，我估计了一下，大概需要三天时间，才能把墙面彻底破坏到不能辨认。

我指了指外面的煤气灯："这里有煤气灯，把煤气灯的灯罩打破，把灯芯从里面拉出来，焚烧墙壁。"

"这么大的工程，就我们两个干，那个哥们儿呢？"

我道："让他休息，我们别打扰他，这事情本来就和他没有关系。"

唐宋跑出去，我顶着她的腿让她够到煤气灯，她敲破灯罩，把里面的灯芯拉出来。煤气管道都是明线，在楼梯井的中间有一根垂直的管道，每一层楼道的管道都是从这根管道接出来的。所有管道都用扣环固定在墙壁上，她拉动管子扣环，把管道扯了出来。之后，我让唐宋给小花发了消息，让他打开煤气灯的开关。

煤气灯一盏一盏亮了起来，煤气灯发光主要靠加热二氧化钍灯罩，灯罩一去掉，火焰的光线就很弱。我拧动调节阀，使火焰变大，然后就让唐宋去烧墙壁。我则跑去上一层，如法炮制去扯另外的煤气灯。

折腾了三四个小时，整个楼梯的煤气灯都被我扯了下来，墙壁一面一面都被烤黑。我和唐宋都满头大汗。

"搞定了？"她问我。

我也不知道有没有搞定，因为煤气灯的灯罩都被拿掉了，光线几乎无法照明，我拧灭了几盏，有几层楼道暗了下来，黑暗中还能看到墙壁上有一些荧光，但线条确实已经被烧得面目全非。

就算有遗漏我也没力气去处理了。整个楼面被烧得滚烫，只剩下最上头画着青铜门背后结构的那张图。我们再次来到这张图前。

"接下来怎么办？"她一边问我，一边不停地捏手，刚才操作的时候我们都不同程度地被烫伤了手指。

我看了看手机:"如果现在打开机关,我们出去的瞬间就会被抓,那首先我们第一步,就是让他们放弃这里。让他们放弃这里有两个要素,一个是他们拿到了这里的东西,第二个是,能够威胁他们计划的人,永远不可能出来。"我用手机对着墙面拍了一张照片,"这张图已经污损但是大部分内容还可见,他们应该可以满足了。"然后把手机递给她,"这个给你。"

唐宋皱起眉头,不知道我想干什么。

"我一直和你说,我是学建筑的。刚才的那张结构图,很清楚地告诉我为什么外面的人不敢进来。"我看了看楼梯井,"你说,煤气灯的煤气是从哪儿来的?"

她看着我,我说道:"整个楼梯井的墙壁里,埋的全部都是煤气罐,强行进入或者强行离开,嘣——!"

设计图里,所有的墙壁里都是框架和管道,所有的煤气罐十个一组,中间有很多海绵一样的孔洞,是为了让煤气和空气充分混合,一旦煤气罐的阀门打开,大概只有五分钟的时间逃生,五分钟之后整个楼梯井会变成一门大炮,把我们全部轰出去。

七指不是玩小机关的,他更擅长心理战术,也只有这样的设置,才能让汪家人忌惮。

"你觉得活着美好吗?"我摸了摸唐宋的头发,在她面前扬了扬手里的烟,"阳光,下雨,天暖,天寒,早饭,啤酒,各种颜色,你觉得这些东西对你来说有价值吗?"

20 追溯

唐宋学我的样子,也摸了摸我的头发:"你说什么呢?吃坏东西了?脑子出问题了?你怎么一会儿正常一会儿不正常的?好可怜。"

我拍掉她的手,最讨厌这种假装和我很熟,其实只和我认识了不到一天的人。我对她道:"你知道我在藏区经历了很多事情,我了解我的敌人，他们不是那种对人的生命和情怀感兴趣的人。如果他们知道有一个陷阱，进去就出不来，他们不会在外面犹豫纠结，他们会直接派一个他们可以牺牲的人进去，通过某种方式把信息带出来，然后将那个牺牲品留在陷阱里面。

"但我相信，并不是每一个他们的人，都对于生命和这个世界毫无感情，有些人天生就比较敏感，他们也会害怕死亡，特别是想到自己会困死在完全的黑暗中。这里有囤积的食物，可能一个人要在地下待上十几年，最终疯狂而死，这比单纯的死亡还要可怕。"

唐宋沉默了下来。

"他们派了一个女孩下来，这个女孩下来之后，对于生存的渴望一下就突破了以往的训练，她选择了静默，她没有对外传达任何信息，所以上面的人以为她死了，又派了另外一个人下来。女孩在第一个房间里，用一个坐标做了一个陷阱，杀了这个人。"

"连续两个人在陷阱里消失之后，上面的人也不敢轻举妄动了，事情陷入了僵局。推算一下时间，我们是三天前开始盘库的，第二个人应该是这三天内下来的，她的手机里才会有我的照片。"我指了指唐宋的额头，"她们习惯戴着人皮面具四处活动，但是面具戴的时间久了之后会变形，这里很热，她出了很多汗，所以脸看上去很奇怪。"

唐宋咬了咬下唇，身躯缓缓地远离我。

"唐宋，我知道这不是你的真名，当你开始满口胡扯的时候，我也开始满口胡扯，我每一次的分析，都会在点破你撒谎之前一点点停下来，给你时间去圆你的谎言，你不自觉就和我一起编了一个很大的但是破绽百出的故事。"

我道："你会不由自主地绕回到你真正的目的上，每一次都是一样的，于是我就能知道，你到底想干什么。不过，你没有看到一件事情，这使得你所有的努力都成了一个笑话。"

唐宋昂起头："你继续说。"

"我和我朋友出现在这个房间里了，当时，

被杀的第二个人,刚刚掉入陷阱里,你情急之下再次启动陷阱,那个人就在陷阱里面,还没有死透,你没有时间检查,你也没看到,钢琴的座位上她写下了揭穿你的血字。"

唐宋的表情变了变。

"其实你根本不了解我们是谁,对吧?"我说道,"你是拿到了她的手机,才知道我们的身份的。"

我看了看楼梯下方的黑暗。

"但你并没有思考太多,你已经背叛了你的家族,所以不管我们是谁,对你都毫无意义,你要杀了我们。你一直在引导我们,希望我们去破解机关,只要我们随便去动任何一个你说的机关,就会和第一个受害者一样,永远留在这里。"

"这样做对我有什么好处?"她冷冷道,"如果像你说的那样,我仍旧会一个人困在这里。"

"只要你上头的族人还不知道这里的秘密,你永远有获救的机会。如果他们知道了这里的信息,他们就会把你留在这里,困死一辈子。

所以，在你找到自救的方法之前，你不能让任何进入这里的人活着。"

我说道："十一个房间，十一个机关，都是假的，十一个陷阱是真的。你并不知道从这里出去的方法。"

她看着我，眼圈变红："我不想一个人待在这里，他们很快就会把我完全忘记。"

"唐宋，我喜欢对生命有所渴求的人，我在你身上看到很多人的品质，我不知道你身上发生了什么，和以往我遇到的你家族的人不一样，也许你恋爱了，也许你比其他人敏感。"我说道，"但我不会毫无意义地去伤害别人。"

她看着我，我继续道："其实，我知道怎么从这里出去。但是，我们需要一个交易。"

她惊讶地看着我。我道："我不能告诉你为什么我知道，但我可以告诉你，最开始我被这件事情卷入的时候，我三叔教我的第一件事情，就和这个有关。"

我再次摸了摸她的头发："首先，我的那

个朋友一直在休息，他没有看到过这张图画，也没有听到我们任何的交谈，你出去之后，要在你族人面前保护他，我相信你可以做到。作为交换，你拿着我的手机，告诉他们，这张图本身就是这个样子的。"

我顿了顿："我会留在这里，两周之后才会离开，你要绞尽脑汁想办法，让他们不会对我下手。否则，你背叛他们的事情，他们一定会通过各种途径知道。"

"我能做到。"她坚定地点了点头，"我会告诉他们，你迷失在里面了，很可能已经死了。"

我撕开自己的T恤，将她的眼睛绑了起来。她忽然抱住了我，抱了有那么一分钟，才放开。

"你要看看我真的脸吗？"她问道。

"没兴趣。"我说道。

我牵着她的手，一路来到楼梯的中段，回到了那条走廊中，小花从黑暗中走了出来，他将唐宋背起来。我用唇语做了一个暗号，小花点头。

"再见。"唐宋感觉到了什么，她说道。

我转身退入黑暗中。小花回到楼梯,一路往最底下的房间跑去。我启动机关,来到走廊上方之前唐宋躲藏的房间,看到那台收音机就放在沙发上。我坐下来,张开手,满手都是冷汗。

21 我来了

我就这么送唐宋上路了,说实话,我说话的时候,浑身都是凉的。

在老家的老宅中,我在三叔之前住的那个房间里,看到了小时候三叔和我玩的洋卡,当时的我是真的天真幼稚,以为三叔教我那复杂的游戏,真的只是一个游戏。这一次打开三叔的抽屉,发现那些老卡片发黄地躺在抽屉的最里面,捆着的羊皮筋都失去了弹性,我才意识到有些不对。

卡片上的水浒人物,画得很是简略粗糙,但在阳光下透光而看,人物身上的线条,不同排列会组成不同的交叉点,三叔当年教我念的儿歌，就是这些卡片的不同排列组合。

现在想来那首儿歌对于我当时那个年纪的小鬼来说，实在是太长了，如果不是把水浒的故事全部编了进去，恐怕我的记忆不会那么深刻。

这是三叔最早的盘算，我相信他当时教我这些儿歌，只是希望多一个备份而已。我解开了儿歌的意思，知道了三叔设下陷阱的事情。

事实上，闷油瓶一直阻止我调查，也是出于同样的原因，几千年来张家人伪造了历史文献，篡改历史上的各种线索，将这些线索指向他们找到的古墓，而这些古墓，大部分都已经变成了张家设置的陷阱。

时间过去太久了，张家没落之后，这些真假线索和陷阱迷藏都无法辨认，如果我贸然调查，以我的身手和能力，很快就会消失在这个世界上。

同样地，三叔在经历了很多生死之后，终于明白了这一点。苦于敌人是无形的，永远不会正面和他发生冲突，当时他狂热的头脑只有一个念头，他要真正地和那种无形力量面对面一次，所以，他开始思考如何设置陷阱。

首先，他需要一个无法攻破和逃脱的陷阱。张家人是使用古墓作为陷阱的基本结构，因为大型古墓往往动用上万人甚至十多万人进行修建，不仅牢固而且天然具有隐蔽性。

我不知道他是怎么找到七指这个人的，抑或这个人根本就不存在，只是一个烟幕弹。

之后三叔一共设了三个陷阱，将他认为最重要的三个东西，放了进去。这三个陷阱，都有一个共同的特征，就是"外藏内惑"，一旦陷阱启动，在陷阱外面就很难重新找到这个陷阱。它会从这个世界被"分离"出去，这使得外界几乎无法营救，所以即使把这幢老宅全部拆掉，也可能找不到入口。

举个例子，如果一个陷阱的入口是这样设计的：一旦进入之后，入口会被灌入170吨水泥，而这个入口的位置是在一幢一百层大厦的中心桩上。水泥凝固之后，除非把一百层大楼全部炸掉，否则不可能从原来的入口进入。

这样的陷阱，基本进入就不可能出来，唯一的希望是猎人在陷阱中留出的，进入收获猎物的出入口。

出入口没有逻辑，它就是这里的某一面墙壁的另一面，打开这面墙的机括的密码，每个小时都不同，只有我知道那个方程。

如果我的计算没有错误，小花进入这个空间发出的最后一条短信，应该已经让黑瞎子到位了，他负责从外面开启这个入口。他现在应该就在这个房间某面墙壁的后面，我打开收音机，从里面的静电噪声中，寻找附近的手机信号，然后找到了那面墙壁，开始敲击上面的钢筋。

很快，我听到了厚重墙壁之后传来的回音。

我放心了。

演戏真他妈心累，重新启动这个陷阱，花了我很长时间，在墙壁上画了那么多奇怪的画，将陆傻尸体上的戒指换成一个 GPS。为了让别人相信陆傻在这里困了那么多年，我还特地找了一具手指很长的尸体。

我等了很久，才出现了这个猎物。

启动这里的煤气灯也折腾了很久，我第一次进到这里来的时候，煤气灯都是烂的，做旧气阀十分耗精力。

第一次扯动唐宋的脸，就知道她戴着极好的人皮面具，但是她戴着面具的时候，哭得太厉害了，这是大忌，因为人皮面具浮肿之后再干枯就很难恢复原来的密度。

这让我很是惊讶，因为哭泣，表示了她内心柔软的一面。

这是一个有趣的女孩，我没有想到她会把戒指吞下去。还有她手上的疤痕，那是训练手指留下的，她下意识地缩起手，也说明她确实在这里惊慌失措。

还有，我想着自己就笑了起来，三个小时把这张图记住，怎么可能！这张图是我画了很久的，如果他们知道这个图是由我微信的二维码改的，他们会把我切成细条寄到广州去吧。

不过我实在没有想到，会在这里碰到一个女

孩,也没有想到,这个女孩有那么强烈的求生欲望。

严密组织的倒塌都是从内部开始的,汪家的内部架构,看样子已经出了问题。都怪这个时代太美好了。

我躺了下来,在这里还要待上几周时间,不过,计划已经展开了,康巴落里出来的人,那些收集手指的人,应该已经动了起来。

这是第一次反击,我来了!

此时
CI SHI
BI FANG

彼方

吴邪：

外面的鞭炮声已经零星地响起来了。

屋子的暖气很足。

下午年尾最后一笔生意，东西不吉利，匆匆就结束了。老妈在摆瓜果瓜子，我平常不吃这些，但是年关的时候，总会摆出来。这是个好彩头。

彩头这件事情对于我来说已经不重要了，很久以前就知道，自己不需要老天的帮忙也能有口饭吃。只是昨天发完红包，有十多个没有发到本人手里，只给到了家里人，还是有些不自在。

这一行已经越来越凶险，再过几年，不说老九门，我们这一代人，都会烟消云散。

吃饭的时候一直没什么话，老爹偶尔给我夹夹菜，我低头猛吃。我这段时间每天准时回家，和上中学时一样，所以和长期在外回家过年的孩子状态不太一样。

我没有伟大的举动可以让父母高兴,生意做得不错,人也精神,似乎就没有更多值得聊的事情了。

"明年,时间到了吧?"忽然,我妈问了我一句。

我"嗯"了一声,我的事情,多少他们也知道了,手上的疤,脖子上的伤痕,虽然不明显,但总归是亲生父母,变化逃不过眼睛。

他们没有再问我什么,吃完饭,他们去看春节联欢晚会,我去上网,缩在我以前的房间里,等外面十二点的满城轰鸣。

我靠在椅子上睡着了,醒来的时候,看到电脑边上摆了一盘切好的苹果。

这是我妈的习惯。

外面的鞭炮把我吵醒,我出去,他们都在电视机前睡着了,我给他们盖上毯子,在他们身边坐下,把苹果吃完。

苹果很酸,每一口都让我停顿很久。

小哥：

他已经失去了时间的感觉。永远不会有光。他能听到水滴声，那是唯一可以计算时间的方式。

这一年要结束了吧。

以前在族里的时候，年关的节日也会张灯结彩，特别是外家楼里还会有一些喜庆的气氛，但是这些气氛大多和他无关，其实也和内家的其他孩子无关，内家的门楼永远像是死去了一样，晦暗的灯光被犹如触须一样的巨大塔楼和高墙围在一个密不透风的空间里，像是远古巨兽的尸骸。

这是一种很奇怪的体验，普通人首先是无知的，然后通过开放自己，感知世界，去获得所知，但是他的族人只有封闭自己，无尽地封闭，大脑中从娘胎里带出来的记忆才会出现。

这是宿命，他这一生要做的事情都会在大脑中逐渐出现，他无法抗拒，任何外来的信息都会被这些原生的，从出生时就确定好的记忆覆盖，他想要留住自己所珍惜的东西，需要经历巨大痛苦。

他的族人称呼自己的家族为牧羊人，这些在大脑中出现的记忆让他们去做的事情，会改变很多东西，似乎是冥冥之中有神通过这种方式，在干预这个世界的发展。

当年关于这个节日的记忆，已经被无数的记忆覆盖成了碎片，他好像记得一枚糖果，是谁给他的糖果？五根正常长短的手指。糖果的颜色好鲜艳，在内楼，看不到这样鲜艳的颜色，除了血迹。

如果现在有糖果就好了。黑暗中他又听到了自己脑中的声音，逼向那颗糖果。

不要忘记，那些东西都不要忘记，时间快到了，他要记得，哪怕只有一个瞬间。

黑瞎子：
苏万在边上用老虎钳敲核桃，把核桃仁剥

出来，放进小碟子里。

"你说我怎么和我爸解释，大过年的，我一成年人朋友约我出去砸核桃。他肯定认为我被黑社会威胁了啊。"

黑眼镜笑笑，抓起一颗核桃仁丢进自己嘴巴里。

苏万转头看到了一把小提琴，惊讶道："你还会这个呢？"

黑眼镜示意他拿过来，苏万递了过去，黑眼镜稍微调了调音，开始拉《二泉映月》。

"这曲子不吉利啊。"

"拉得吉利就行了。"黑瞎子忽然曲风一转，曲子欢快起来。在砸核桃的声音里，好像蹩脚的二重奏。

胖子：

"你确定要打完十八洞？"球童是个一米五出头的小姑娘，屁股挺翘的，扭来扭去，胖子点着烟，蹲在沙坑里，高尔夫球棍插在沙子里,生气。

"高尔夫是绅士运动,你看你这样子,庄稼地干活干一半,你蹲下就天然施肥。"小姑娘有广东口音,讲话很有意思,"生气管什么用,球又不会自己出来。"

"你有完没完?你有完没完?"胖子怒道,"都说了老子第一回打,看不起新人怎么的?你家里人天生就会拿杆子找洞啊!再啰唆我投诉你哈。"

小女孩嘟起嘴,拿起沙耙子,在沙坑里把胖子的脚印耙掉,然后蹲到胖子身边,拍拍胖子:"别生气了。你不会打也不可能一次就学会啊,而且我知道你为啥生气,你肯定不是因为这个生气。"

"那我为什么生气?"胖子扬起眉毛恼怒,"我为什么生气你都要管了,你这个球童够牛的啊。"

小女孩继续嘟着嘴,不说话了,用手指玩着面前的沙子。

冷了一会儿，胖子就问道："这大年三十的，怎么你们这球场还营业啊？你不要回去过年啊？"

"赚钱呗。"小女孩看着自己的手，"谁知道你们这些有钱人会不会大半夜不打麻将到这儿打球啊，一杆可比一番大多了，不过你一个人在这儿打，更变态，大年三十一个人打球，你没家人？"

"就我一个人了。"胖子吐着烟，晚上的球场灯光照得很惨淡。

风吹过，小姑娘打了个寒战。"还有七个洞，咱们赶快打完吧。"

"有男朋友吗？"胖子突然问。

"没有，干吗，你给我介绍啊？"

"没有，是吧，那行，走，不打了。咱们客串一下，胖爷带你这丫头去吃点好东西。"

"不行，我得工作，加班已经很惨了，再被开除了。"

"你放心，老板是我朋友。"胖子把烟头

掐了,把自己帽子戴到小女孩头上,"我告诉你,你走运了,咱们什么贵吃什么,吃不了就倒了,就这么任性。"

"你干吗对我那么好啊?你要追我?"小女孩狡黠地笑着。

"现在需要我的人不多了,你大冷天,需要我请你吃顿好的,是你对我好。"胖子看了看手表,"过年了。"

花儿爷:

店里,解雨臣摸着自己的胡子。

他以前以为自己六十岁之后才会蓄胡子,他长着一张不太适合长胡子的脸。

对于自己的容貌,二爷当年说得很清楚,在地底下长相一点意义都没有,在人世间,脸就是一张借据,你用这张脸借了多少东西,年老的时候就得还多少。

当然,如果自己长成胖子那样,二爷也不会说这番话了。胖子的脸应该算是破产清算单。

自己和几个不回去过年的租客住在这个小县城的超市兼宠物店的楼上,已经很久了,宠物店的老板都去海南过冬了,他们帮忙看看生意,主要是寄存的那些个狗。

今天大年夜,肯定不会有人来店里了,他换了一台黑色的非智能手机,手机很小很轻,在他手里变魔术一样,一会儿旋转,一会儿消失。他看着一边的水族槽,好多各种各样的乌龟,在里面冬眠。小乌龟的生命并不被珍惜,很多缩进壳里,到第二年开春就死了。

"咯噔"一声,房顶上传来了一个轻微的响声。

解雨臣手中的手机停了下来,他警觉地眯起眼睛抬起头,忽然门口的迎宾感应器就响了。

一个女孩走了进来,跺着脚,看眼睛是刚刚哭过。

"我来领它回去。"女孩说道。

解雨臣看到女孩的身后有一辆大车,黑色的,停在门外没有熄火。

"吵架了？"解雨臣笑了笑，让她自己去领，女孩撩了撩帽子里露出的头发："我一个人回来的，他走了。"女孩把钱递给他就离开了。

解雨臣又抬头看了看头顶，披上大衣，追出去，上了黑色大车的副驾，女孩看着他："你干吗？我回家去。"

"搭我一程，开车。"解雨臣看了看后视镜里的房顶，看不出什么东西。

"你最好只是搭车，你要是敢乱来小心我削你。"女孩发动了汽车，解雨臣拿出手机的芯片，把手机丢出窗外。

秀秀：

戒台寺新年的敲钟大会，外面聚集了不少香客。

霍秀秀在内房分着香，将整箱的香柱拆出来，插进喜庆的红色纸袋里，到时候发给信众。

粥在厨房熬着，能看到暖气从那个方回形的窗户里飘出。

以前这个时候是老太太主持这些事情,其实家里感兴趣的人并不多,老太太不在了,就她还会学着规矩来一来庙里。

"粥得了。"外面的小沙弥推门进来,知道秀秀吃不了太多,用小碗盛的。

小沙弥戴着金丝眼镜,看样子是佛学院的,放下粥就坐到秀秀边上,呆呆地看着她。

"看什么呢?"秀秀纳闷道。

"你真好看。"小沙弥说道。

秀秀歪头微微笑了笑:"动凡心了啊。"

"觉得好看就是好看,和凡心没关系。"小沙弥说道,"感知美和想占有美丽,是完全不同的。"

说着,他忽然想起了什么,从口袋里掏出一个东西。那是一只很小的乌龟,已经在冬眠的状态。

"送给你,新年礼物。"

"哪有送女孩子乌龟的?"秀秀觉得好笑。

"不是我送你的哦。"小沙弥帮着分香,"是一个哥哥让我送你的。"

秀秀望向窗外,默默地接过乌龟。乌龟睡得死死的,不知道什么时候会醒过来。

"乌龟醒过来的时候,他就会回来啦。"小沙弥说道。

秀秀放下乌龟,外面传来了钟声,她理了理衣服,扎好了发髻,发现又开始下雪了。

训练计划

1. 吃 `` `
  （糖尿病作死的节奏……

2. 练 `` `
  （每天八小时

3. 称体重
  （保持住!!!

4. 和白狗腿贴身相处

附二则

FU ER ZE

福禄篇

黑瞎子师父

FU LU PIAN

"走江湖有很多种技巧，利用的都是人的盲点，无论是真实的盲点，还是思维的盲点。如果你能理解这些，那么你很容易就能用语言控制其他人，让他们做之前不愿意做的事情。"黑瞎子推着购物车，在超市的零食柜子旁踅摸，"你喜欢哪个牌子的薯片？"

"我不太吃零食。"我说道。

"怕胖？"他看了看我，有点鄙夷，"能不能改掉你这些毛病？"

"我单纯就不爱吃这些东西。"我说着，就看到他把一排薯片全都扫到购物车里，起码有三十多包，按照我的品性，这些放到过期都吃不了一半。

"不爱吃就好办了，就当填鸭子了。"他说道，又看了看另一边的膨化虾条。我摇头："所有的零食我都不爱吃。"

"太好了。"黑瞎子把虾条也扫进车里，

顺手抓住一个导购员,问巧克力在哪里。

我满腹狐疑,心说这大晚上找我逛超市是为什么啊?别的也不买,就买这些零食,难不成以后几天我们会去山里训练?带零食进山也太不像话了吧。

我自诩是个很没溜的人,但在黑瞎子面前,我就是诚实可靠小郎君,这人做任何事情,都让人摸不着头脑。

装了最起码六十盒德芙后,车子就再也装不下东西了,黑瞎子推到收银台,让我掏钱。好家伙,一车零食花了我三千多,好在老子有钱了。

买完他还不走,把车寄存了,带我又回到酒柜旁,我倒是也不意外,六十盒德芙都买了,买点饮料自然也可以理解。他挑着红酒,对我说道:"从明天开始,你每天早上九点到我那儿去,我监督你,用半个月的时间把那些东西都吃了。"

"你不吃?"我奇怪道,"我不爱吃零食。"

"我也不爱吃,不过你得吃,好好吃,半个月必须吃完。"

我回头看了看在服务台寄存的车子,六十盒德芙,我一天得吃几盒啊?这他妈是糖尿病作死的节奏啊。"为什么?"我不敢直接质问,觍着脸虚心问道。

"你要改变你的生活习惯,半个月之后,你的体重不能增加。"黑瞎子说道,"按照我的经验,你每天的运动时间,最起码要达到连续八个小时才能让你不发胖。我不可能每天都盯着你运动八个小时,但是以你的惰性,训练你改变生活习惯是不可能的,所以我想出了这个办法。如果半个月后,你的体重长了哪怕一斤,你就放弃你的计划,老老实实当你的小老板。"

说这话的时候,黑瞎子的表情非常严肃,我很少看见他是这种表情。

我想点头答应他,他摆手:"改变生活习惯这种事情,你什么时候点头答应都没用,得半个月之后在秤上点头才有用。对了，还得买个体重秤。"他把酒放了回去，我挠了挠头，仿佛是跟在自己以前的班主任后面。

"你要让自己的身体习惯连续八小时的消耗。"他顿了顿，"你的计划实行之后，谁也保护不了你，你只能不停地逃跑和隐藏。保持连续八小时的行动力和判断力，是最低的标准。"说完，他又笑了笑，补充道，"最少八个小时。"

我知道他笑的含义，他为了给我带出那个消息，在沙漠中连续不停歇地走了一百四十多个小时。我在杭州见到他，从他手里接过那个东西后，只说了几句话，就发现他连笑容都没有退下，就已经睡死在我的躺椅上。

黑瞎子师父

HEI XIA ZI
SHI FU

1

吴邪头朝下趴在按摩床上,透过按摩床上的洞看着地板,黑瞎子的皮鞋在他面前晃来晃去。

"想不到你还会按摩。"吴邪有点心虚地说,"像你这样的人,学这种技能是为了什么?"

"未雨绸缪。"黑瞎子说道,"如果你知道自己终有一天会瞎,那做这些事情一点都不奇怪。"

"那也不需要学盲人按摩这样的活儿,你的积蓄难道不够过下半辈子?"

"我学的不是盲人按摩,而是用双手认知这个世界的方法。"黑瞎子捏着吴邪的颈部,"你只是趴在一张按摩床上,就以为我要给你按摩,这样的思维方式是不可取的。"

"你学音乐也是因为对未来的预判?"

"我们家几代人都没逃过这种遗传病,事实证明,在我的下半生,音乐可能是我能享受到的最美好的东西,所以早点接触,也不奇怪吧。"

"我总觉得你的背景应该再草莽一些,这些风雅的东西和你画上等号,让我有些意外。"

黑瞎子把手移到吴邪的肩部关节:"关东的马贼刘唐花,落草为寇之前在英吉利留过洋,说一口流利的英语,会拉小提琴,还看莎士比亚的剧。我经历了两个时代,你不能这么简单地去理解我的性格。"

他说完,叹了口气,放弃继续在吴邪身上摸索,回过身洗了洗手,让吴邪站起来。

"我刚感觉有点舒服,你怎么就停了?"

"我真不是在给你按摩,只是想看看你关节的粘连程度。"黑瞎子点上一支烟,"现在你关节的活动范围,只有我的一半。这不是后天缺乏锻炼造成的,而是先天发育的结果。"

"结论是什么?"

"毫无天赋。"黑瞎子比画了一下,"你天生就比别人笨拙,所以会在很多关键时刻,因为动作做不到位而掉链子。但又因为你的关节本身很紧实,所以脱臼的可能性比其他人低,受伤之后也不太会失去行动力。"

他吐了口烟,看了看手表:"第一周你需要学习关节力量的施放方法,以及在自身活动范围受限的情况下,应对敌人的策略和防御的基本技巧。还需要一把跟你手臂差不多长的砍刀,来作为主要武器,弥补关节的缺陷。"

2

最终,黑瞎子给吴邪挑了一把叫作白狗腿的刀,这把刀被强制一直挂在吴邪的身上。

黑瞎子告诉吴邪,必须像习惯自己的手一样习惯武器,这样一来,如果某一天你的刀突然不见了,你就能立即发现。而且,任何需要使用刀的场合，不管是削苹果还是切菜，都必须用这把刀来进行，这样就可以借此了解这把刀的不同方面。

最终要达成的目标是：当你手里拿着这把刀的时候，不会产生任何割伤自己的恐惧。就好像肉摊上的大娘，在一只手举起砍刀砍排骨的时候，另一只手一定会扶在案板的排骨上，砍刀一刀一刀地贴着手指砍下去，她完全不会害怕。因为这把刀就是她身体的一部分。

"现在我来比较形象地告诉你，你的关节是怎么阻碍你的运动的。"黑瞎子走到吴邪的身后，"你转身看着我。"

吴邪转过身，却发现黑瞎子已经不在他身后了，他用眼角的余光看到黑瞎子在自己转身的一刹那，顺着他转身的方向躲到了他身后。

这是最简单的小孩子开玩笑的举动。

吴邪就条件反射地跟着黑瞎子运动的方向再次转身，但是他很快就发现，无论他用多快的速度转身，都看不到黑瞎子。

又转了三四圈后,吴邪晕了,投降道:"你太敏捷了。"

黑瞎子说道:"如果光线再暗三分,你就只能听到我移动的声音,连我在哪里都不会知道。这不是因为我的速度太快,而是因为你的速度太慢。"

他走到吴邪面前,转身背对着他:"现在换你来。"

吴邪觉得很有意思,他活动了一下关节,说:"开始!"然后猛地往边上躲去,结果发现黑瞎子本来正要往左转,看到他移动之后立即往右,吴邪刚踏出一步就被他瞪得脚下一个趔趄。

"我的关节活动幅度很大,不需要移动身体,光靠头部的转动就能捕捉到你的动作。"黑瞎子开始活动自己的肩部,"所以,像你这样的人,首先要明白一点:靠自己的眼睛去确认一样东西的话,你就死定了。在眼睛看到发生了什么之前,要先做出反应,这个反应需要依靠你身上所有的器官同时去感觉。"

说完,黑瞎子用闪电一样的速度,把手从吴邪的脑后伸到一边,打了他一个脑崩儿。吴邪疼得"哎呀"叫了一声,下意识就看向和黑瞎子相反的方向,黑瞎子立即把手移回到另一边,又弹了他一个脑崩儿。

"错!不要用眼睛去确认。"黑瞎子骂道。

3

满头包的吴邪已经不知道脑子多久没有这么疼过了,只要再多练一个小时,他可能就会像路边被弹得太多的西瓜一样,脑子变成液体,从鼻孔里流出来。

不过,他现在已经基本跟得上黑瞎子的动作,不是靠眼睛,而是靠一种近乎直觉的体感。

黑瞎子告诉他:这是身体所有的毛孔都参与到感觉中的结果。人的汗毛对某种东西从四周经过时所引起的气流十分敏感,但大部分人只能感觉到气流本身,无法借此去预测那个东西的大小和方向。

武侠小说里的高手,蒙上眼睛后仍然可以接住飞镖,这在现实中很难做到,即使经过常年的苦练,也无法达到每次都成功的程度。

但是,经过系统的训练后,可以辨别这种气流的方向,那么,至少能形成条件反射性的躲避。

两个人坐下来休息时,吴邪感觉自己马上要脑震荡了,黑瞎子一抬手,吴邪立即做出一个躲避动作,之后才发现黑瞎子是递烟给他。

"说到屄的天赋,真是勇冠三军。"黑瞎子笑道,"好,我欣赏你,你或许可以成为我活得最长的徒弟。"

"之前那几个的最长纪录是多少?"

"两年半吧。"

"最短的呢?"

"七天。"

吴邪吸了口烟:"你就没有反省过吗?"

黑瞎子笑笑，突然发起偷袭，一脑崩儿弹在吴邪脑门上，吴邪顿时摔出去三米，捂着脸大骂。

黑瞎子"啧"了一声，看了看手表："警惕性从100降到0只用了50秒，重来！"

4

黑瞎子在抽烟，吴邪坐在十米之外，头上肿了一个大包。

两个人透过黑瞎子家四合院里的葡萄藤，看着远处的晚霞，感觉有点像琉璃做的七巧板，很漂亮，很安静。

"敌人是不会疲倦的，所以警惕心不能放下。"黑瞎子道。

"嗯。"吴邪回了一句，"但我是会疲倦的，从现在开始，我不会靠近你十米之内。"

"你的速度和关节弧度都很有问题，不近

身搏斗的话,十米的距离很容易被投掷功夫好的人直接干掉。"

吴邪想起闷油瓶远距离飞棍的准头,说道:"不如我们换个话——"话还没说完,一块烂瓦片就从黑瞎子手里飞了出来,打在他的太阳穴上。

吴邪从地上爬起来,朝门口狂奔而去。刚冲到门口,门就开了,霍秀秀提着一篮子点心进来,看到吴邪之后一惊,问他:"你怎么了?"

5

"想要有进步是这样的,这一行的人都很古怪,每个人都有自己的想法和理念,这是一个真正没有标准的世界,跳蚤可以吃青蛙,象棋可以当围棋下,只要有法子赢,都算赢。"秀秀一边说一边给吴邪头上的包抹红花油。

吴邪吃着秀秀做的沙琪玛,说道:"可是我很没有安全感。"

"那是因为你不接受,如果你接受了无论如何都会满脑袋包这个事实,还有什么可害怕的?"秀秀用纤细的手指戳了一下吴邪脑袋上的包,吴邪"嗷"了一声,"要是我啊,我就先在家里练上大半夜,给自己整一头包,这样一来呢——第一,进度不会落下;第二,师父第二天看我这样,也会心疼,说不定就会提前教点窍门什么的。神经病也是人,多大的套路都是人的套路。"

吴邪看了看秀秀,白里透红的脸上透着一种不符合年龄的狡黠,这丫头一定也会是个人间魔王,不会错的,不会错的。

"花姐推荐他来教你,已经考虑到你这小聪明过剩、大智慧没有的性格了。这个人的很多想法都能贴合你,你就知足吧!要是找个龙虎武师操练你,你现在已经在接骨了。"

"你怎么又给人换外号了?"吴邪笑笑,脑袋上红花油的味道混在沙琪玛的香味里,让人心中泛起一股奇异的不想吃的冲动。但据说这是秀秀亲自做的，以他的性格，在这种时候一定要表现出从来没有吃过沙琪玛的样子。

"和您学的呗。"秀秀道，"谁叫他不带我去欧罗巴。"

小花去德国了，道上太乱，他是越来越忙了。

"对了，今天怎么这么有空来看我？"吴邪咬咬牙，几口把沙琪玛吃完，有些奇怪地问。小丫头平日里宅得很，她们家族和其他人不一样，不是很喜欢太阳，偏偏在太阳下，皮肤又通透得吓人。

在解放前，这样的姑娘如果没有生在老九门这种家族体系，一定都是被地主家养在深闺里的。

"我不是来找你的，是来找他的。"秀秀指了指吴邪身后的黑瞎子，从点心盒底拿出一本账簿，"他有个眼镜铺子，是磨玻璃做手工眼镜的，用的我家的房子，我是来催房租的。"

话刚说完，吴邪就听到身后传来一阵葡萄藤被踩断的声音，他回头一看，黑瞎子已经踩着葡萄藤爬到墙上，翻身出去了。

图书在版编目（CIP）数据

三日静寂 / 南派三叔著. -- 北京：北京联合出版公司，2025.6. --（盗墓笔记文库本）. -- ISBN 978-7-5596-8354-0

Ⅰ. I247.7

中国国家版本馆CIP数据核字第2025WK0214号

盗墓笔记文库本 . 三日静寂

作者：南派三叔
出品人：赵红仕
责任编辑：高霁月

北京联合出版公司出版
（北京市西城区德外大街83号楼9层 100088）
三河市中晟雅豪印务有限公司印刷　新华书店经销
字数236千字　880毫米×1230毫米　1/64　印张9.6875
2025年6月第1版　2025年6月第1次印刷
ISBN 978-7-5596-8354-0
定价：118.00元（全3册）

版权所有，侵权必究

未经书面许可，不得以任何方式转载、复制、翻印本书部分或全部内容。
本书若有质量问题，请与本公司图书销售中心联系调换。电话：（010）82069336